中宣部2018年重点主题出版物

心无百姓莫为官

——精准脱贫的下姜模式

劳　罕◎著

浙江人民出版社

图书在版编目（CIP）数据

心无百姓莫为官 ：精准脱贫的下姜模式 / 劳罕著. —杭州 ：浙江人民出版社，2019.5
ISBN 978-7-213-09313-5

Ⅰ. ①心… Ⅱ. ①劳… Ⅲ. ①报告文学-中国-当代 Ⅳ. ①I25

中国版本图书馆CIP数据核字(2019)第095284号

心无百姓莫为官

——精准脱贫的下姜模式

劳 罕 著

出版发行	浙江人民出版社（杭州市体育场路347号 邮编 310006） 市场部电话:(0571)85061682 85176516
责任编辑	余慧琴 高辰旭
责任校对	戴文英 杨 帆
责任印务	陈 峰
封面设计	毛勇梅 朱淑芬
电脑制版	杭州兴邦电子印务有限公司
印　　刷	浙江印刷集团有限公司
开　　本	710毫米×1000毫米 1/16
印　　张	14.5
字　　数	127千字
插　　页	6
版　　次	2019年5月第1版
印　　次	2019年5月第1次印刷
书　　号	ISBN 978-7-213-09313-5
定　　价	68.00元

目 录

第一章 | 关于下姜 / 1

“土墙房、半年粮，有女不嫁下姜郎。”这句话，67岁的姜银祥记了一辈子。从“穷脏差”到“绿富美”，一出乡村“变形记”在这里上演。下姜村，是典型，更是镜子，折射出的是一个中国普通乡村求生存、求发展、求振兴的艰辛奋斗历程。

第二章 | 那些有关饥饿的回忆 / 9

60年前的往事，如今忆起依旧是苦涩的。磨坊中扫出的粉尘做成的“土面”，是姜银祥“小时吃过的最好吃的东西”；为换来全家的口粮，姜祖海扛着百斤重的木材步行百里山路；为吃饱肚子，痴迷于读书的姜德明含泪离开了学校……饥饿！在很长一段时期里，是下姜人挥之不去的记忆。

第三章 | 咋就走不出贫困的怪圈 / 33

贫困，仿佛是下姜人摆脱不了的窘境。放火烧山，“刀耕火种”，收获的还没有种下去的多；做生意，山路崎岖、无人问津；办工厂，技术跟不上，更少了龙头企业带动……当地干部群众一次次深入探讨，找出了贫困的根子。

第四章 | 第一次吃饱了饭 / 51

“让大家吃饱肚子，才算真本事。”揣着这念头，新上任的村支书姜银祥硬是从县农科所“磨”来了两斤半杂交水稻种子。从试种到制种，下姜人填饱了肚子，下姜村摘掉了“半年粮”的帽子。紧接着，下姜人又勒紧裤腰带，建起了枫林港大桥。

第五章 | 心无百姓莫为官 / 67

讲述习近平总书记当年视察下姜村的故事，是“明星导游”姜银祥最热衷的事。建沼气、派专家、兴产业……群众关心的，总书记件件放心上。做生产发展的带头人、新风尚的示范人、和谐的引领人、群众的贴心人，姜银祥带着党员干部干白了头。

第六章 | 一张蓝图绘到底 / 85

下姜人不敢想，省委书记的联系点，下姜一当就是近20年。脱贫攻坚、共同致富，冲着这个目标，历任省委书记指引着下姜人沿着绿色发展的路子，奋勇向前。从贫困村到小康村，再到明星村、示范村，未来，下姜将带动周边村、镇一起富起来！

第七章 | 美丽乡村共同体 / 99

“跳出下姜发展下姜”，这句话，让下姜人看到了更大的发展空间。下姜村成了340平方千米的“大下姜”，多了串成链的风景线，多了不重样的体验点，多了“打包”规划的新产业。“背靠下姜好乘凉”，成了周边乡镇干部的共识。

第八章 | 日子越过越舒坦 / 119

下姜村变了。马路拉直了进村的山道，微公交方便了群众出行。四时如画的乡村美景，引来了游客，也唤回了游子返乡创业。观风景、尝美食、干农活、看演出，绿水青山变成了金山银山，鼓了村民的腰包，更美了乡风，带来了新风尚。

第九章 | 奔小康，一个都不能少 / 139

怎样让村里的贫困户富起来，村干部没少动脑筋。好政策，帮着他们用足；找工作，替他们出主意；办贷款，为他们多跑腿……不仅盯着眼前，还得往长远看。村里正盘算着合开公司，让每家每户都入股分红。没人掉队，才是实打实的小康。

第十章 | 下姜之变的思辨 / 147

下姜之变，来之不易。同样的山、同样的人、同样的求变之心，却在贫困的怪圈里打了几十年的转，直到近些年才摸出了行之有效的致富路。这条路讲效益、护环境，这条路重科技、专家领，这条路众人走、步子齐。

第十一章 | 下姜启示 / 169

有人说，下姜能富，全是托了省委书记联系点的福。事实上，下姜之变靠的是“八八战略”的指引，靠的是“两山”理念的启迪……村容村貌整洁和美，人与自然和谐共生，精神物质共同富有——试验田里收获的经验，可惠及更多奋进的新农村。

第十二章 | 乡村振兴，路还很长 / 189

“样板村”下姜，仍未懈怠。让专业的人做专业的事，下姜村请来了第一位职业经理人；让“大下姜”的发展拥有更多引擎，他们计划引进更多外面的企业。可村民小富即安的心态、经济纠纷引发的人际冲突等，则是下姜村未来发展面临的新问题。

后记：我与下姜 / 215

第一章

关于下姜

“土墙房、半年粮，有女不嫁下姜郎。”这句话，67岁的姜银祥记了一辈子。从“穷脏差”到“绿富美”，一出乡村“变形记”在这里上演。下姜村，是典型，更是镜子，折射出的是一个中国普通乡村求生存、求发展、求振兴的艰辛奋斗历程。

一

我第一次去下姜村，大约是在2011年的暮春。

记得是随时任浙江省委书记赵洪祝去的。当时，赵书记正在搞全省新农村建设调研。

说实在的，那次调研，下姜并没有给我留下太深的印象：通往村子的那条路，还没有彻底修好，车子颠得够呛。深春5月，山冈上、田野里的花早谢了，到处是油汪汪的绿；因为只有这一个色系，便显得有些单调、沉闷。那时的下姜，已经基本摆脱了贫困，村里的房舍大都很新——是那种外立面嵌着白色瓷砖的二层或三层的楼房。不过，这种楼房在浙江乡村着实很普遍。

一句话，在经济发达、城乡统筹做得最好的浙江，这样的村庄遍地都是。

跟赵书记出来调研是个“苦差事”，他调研得很深入、很细致，时常错过饭点。那次就是如此。他先去枫林港对面的田野里看了黄栀子园、桃园和葡萄园，详细了解农产品深加工情况。已经过了中午12点，他又一头扎进农民家里耐心地倾听他们卖蚕茧时遇到的沟沟坎坎。

由于早上出来时，我没来得及吃早饭，此时已是饥肠辘辘，看不远处一户人家在卖小吃，便悄悄溜了过去。

摊主是个身材单薄的老太太，满头白发，嘴瘪瘪的，透着一脸的慈祥。她的小吃摊很简单：煤球炉上放着一口冒着热气的钢精锅，里面煮着茶叶蛋、豆腐干之类的吃食。

“老人家，日子蛮惬意嘛！”吃东西时，我随意地和老人攀谈起来。

“好！好！和以前比，是天上地下。”

“哦，以前很苦吗？”我边吃东西边有一搭没一搭地敷衍着。

“苦得咧！‘饥荒年’那辰光，饿死了好几十口子呢。”

这句话，引起了我的注意。作为一个长期跑农口的记者，我对“饥荒年”这个词特别敏感。

“饥荒年”，在20世纪80年代以前多被称为三年自然灾害，后被改称为三年困难时期，是指1959年至1961年，我国大陆地区由于“大跃进”运动以及牺牲农业发展工业的政策而出现的全国性粮食短缺。

说起饥荒，1980年后出生的人，不会有任何印象。因为自从“大包干”后，饥荒就从人们的视野中遁形了——无论天南地北，大家谈论的已经不是能不能吃得饱，而是怎样才能吃得更好、更有营养。

但几千年来，饥荒，一直是我们这个民族绕不开的一个话题。据我的老前辈、人民日报社原总编邓云特（邓拓）写的《中国救荒史》记载，仅清代不足300年间，歉收造成的全国性饥荒就达90次。中华民族的历史，其实就是一部与饥荒的斗争史。

通过下姜村去研究我们这个民族如何摆脱饥荒，也就有了典型意义。于是，从下姜回来后，我找了许多有关下姜的资料开始研究，并有了一次又一次的下姜之行。

渐渐地，我便梳理出了一个中国普通乡村求生存、求发展、求振兴的艰辛奋斗历程。

二

的确，每一个村庄的变迁，无不打上了自己的特质烙印，同时，也都刻下了时代和社会发展的履痕。

村志记载，下姜村是个有着800多年历史的古村落，主要由姜、杨、余、伊四大姓组成。其中，姜、杨两姓人口居多。北宋靖康年间，渭水郡姜氏便从四川迁入。南宋庆元至嘉定年间，其他姓氏也渐渐辐辏此处。

那么，下姜村的特质又是什么呢？

实事求是地讲，这个位于淳安县西南部枫树岭镇的偏僻小村，尽管不能说是穷山恶水，但也绝不是“土地平旷，屋舍俨然，有良田美池桑竹之属”的“桃花源”。村子局促地坐落在陡峭的山坡上，公峰、茂峰、化岭、银峰四座山峰从东西南北四个方位将村子紧紧包围。一条不知形成于何时的名为枫林港的小河，从山的缝隙里硬生生挤出一条通道，从村中蜿蜒而过。

千百年的河水冲积出了一块块弹丸大小的盆地，庙畈、下本畈、窄堨畈、双坞畈……这些不规则、不平整的板块高低错落地“纠缠”在一起，成为下姜村的主要农耕区。

说起来真是可怜，这些林林总总的板块加起来，还不到600亩地。全村742人分的话，平均一人不到一亩田。

而且这些田，大多是山坞垄田和山坡梯田。旱地中只有少量山脚缓坡地，大多是陡坡地。

这类农田的特点是土层薄、蓄水能力差，古有“一七之灾”的说法，就是下一天大雨就涝，晴七天就旱。

下姜村还是自然灾害频仍的地区。

下姜村的自然灾害，主要为春夏两季的洪水灾害。枫林港流域受雨面积较大，加上地处亚热带季风气候区北缘，夏秋时常受台风影响，一般两三年间就有一次风灾。

一俟风起，轻则损坏庄稼，重则吹断树木、房屋。1968年7月，下姜发生龙卷风，庙畈小球里的大柿树被连根拔起，窄埸溪边的大板栗树被拦腰折断，庙畈上的稻桶被吹到窄埸畈，房屋倒塌，瓦片基本被掀光，村民损失惨重。

下姜村又是淳安县的暴雨中心地区之一，洪灾频仍，曾有“十年九有”之说——十年就有九年发洪水。1940年，枫林港洪水流量达每秒900立方米，洪水淹没了整个庙畈、窄埸畈，下姜老村石硼以下全部被淹没，多处房屋被冲毁。

据村里老人回忆，历史上有些年份，枫林港一年就要发10多次洪水。

自古以来，下姜人以务农为生，除了种植水稻、小麦、茶叶、水果，还兼营竹编、家具制作等手工业。山里人最能吃苦。虽然村民们勤俭持家、辛苦劳作，但受地理条件限制，一直未能摆脱饥饿的阴影。下姜一直是方圆几十里最贫困的山村。人们曾这样形容下姜：“土墙房、半年粮，有女莫嫁下姜郎。”

新中国成立后，农民分得土地，生产积极性空前高涨，粮食产量也有所提高。但由于自然条件不好，基础设施差，灾害频发，加之受到移民入村、“大跃进”和人民公社化运动、“文化大革命”等影响，下姜村人民的生活水平一直处于温饱线以下。

可以说，在很长一段历史时期里，下姜人脑海里留下的最深刻的记忆就是：饥饿！饥饿！饥饿！

第二章

那些有关饥饿的回忆

60年前的往事，如今忆起依旧是苦涩的。磨坊中扫出的粉尘做成的“土面”，是姜银祥“小时吃过的最好吃的东西”；为换来全家的口粮，姜祖海扛着百斤重的木材步行百里山路；为吃饱肚子，痴迷于读书的姜德明含泪离开了学校……饥饿！在很长一段时期里，是下姜人挥之不去的记忆。

一

姜银祥，是我在下姜采访时接触次数最多的人之一。

这位年近七旬的老人很注意穿着。基本上无论穿什么外套，里面都会搭配一件洗得干干净净的白衬衣——很正式的那种，没有花纹，没有图案，衣服上唯一的装饰就是左胸前的口袋上别着的一枚党徽。搭眼一看你就明白：这个人当过干部咧！

他眼睛老花得厉害，但几乎不怎么戴眼镜，头发也染得乌黑，梳成偏分头，那道缝很直，两边的头发一丝不乱。用他的话说："革命人永远年轻！"

记得他给我讲饥饿故事时，是个早晨。他执意要爬上村旁边那座最高的山的山顶，说，只有站得高了，才能看得远，话也才能讲得透亮。

清晨的下姜村，被淡淡的薄雾拥裹着。笼罩在柔和薄雾中的房舍，如同童话里的积木。周围的一切是那么的静，只有那条穿村而过的小河不知疲倦地“哗哗哗”流淌着。因为地势高的缘故，雾气凝成了团，微风拂过，白白的雾团飘来荡去。

在这样一个清晨，这样一个地点，姜银祥向我回忆过往时，一切都如同在梦里。而这个梦，是那样的苦涩。

“真正饿起来，恨不得桌子腿你都想卸下来吃掉。那种滋味，什么时候你都忘不了！”说这些话时，姜银祥的脸阴沉得能拧出水来。

1952年出生的他，是个遗腹子。

打小他就听母亲念叨：“啥时候才能填饱肚子？生在下姜，那是老天爷让你遭罪啊！”

父亲就是由于填不饱肚子，加上过度劳累，才早早撇下他们母子走的。

没了父亲，姜银祥只得和母亲、哥哥相依为命。“土改”后，家里分了三分五厘田。当时的水稻亩产是400多斤。三分五厘田，就是碰上风调雨顺的年景，产粮也不过100来斤。

三口之家一年100来斤粮，怎么着也不够吃呀！

小时候，姜银祥记忆最深的，就是母亲借粮的情景：每年刚过正月十五，母亲就会拿个口袋外出。傍晚，当她拖着疲惫的步伐回来时，大多时候满脸愁苦。

说是借粮，凭孤儿寡母这种状况，要等到猴年马月才能还上，亲戚朋友大多支支吾吾找个理由推脱。不过话说回来，那时候，家家都不宽裕呀。

母亲是个要强的人。几次碰壁后，她就对两个儿子说："就是饿死，我们也不求人了。"她背起银祥，拽起大儿子上了山——她决计伐木烧炭，用烧好的木炭到山外换粮。

下姜村耕地少，但山地面积较大，漫山遍野长满了杂木。

烧炭是个技术活，也是个重体力活，一般人干不了。

一次次失败后，倔强的母亲终于找到了门道。几年后，哥哥把门道"接"了过来。

这时候，银祥已经可以帮着母亲、哥哥干活了：每天还没有睡醒，就被从床上拽起来，随着母亲和哥哥上山。早上一般没有东西吃，到了中午，母亲从布包里摸出两个饭团，看看哥哥，再看看银祥，然后长叹一口气，递给大儿子一个，因为砍柴、和泥这些重体力活都要靠大儿子。

她自己和银祥分另一个。而她手里拿的，总是最少的那一半。

半个饭团，哪够银祥吃！他三两口就吞了下去，又把目光投向哥哥。情况往往是这样：趁母亲不注意，哥哥再悄悄将自己的饭团掰一些给他。

烧炭要用硬柴。近处的硬柴早被人砍光了，哥哥砍一担柴要走很远很远的路。待硬柴砍回来，母子三人就围着窑坑一层层搭木头。搭好后，再把和好的泥糊在周围。

母亲说，要烧出一窑好炭，关键是留好透气孔：孔太小，火容易熄灭；孔太大，烧出的炭质量差，不经烧。除了这一点，还要把握封窑的时机，等到木柴都烧着了，就要用泥巴把透气孔糊上。这道工序更是要紧，要掐准火候，早封了晚封了都不行。

封窑之后，事情还没有完，得有人看守。这项工作，一般由姜银祥完成。母亲和哥哥还要忙田里的活计呢。

为什么要看守？莫非炭也有人偷？的确如此。那时候谁家都穷啊，人饿得没法儿，什么事都干得出来。

姜银祥很懂事，他坐在窑坑边，一动不动地盯着，从不到远处玩。不过，他也确实玩不动。吃不饱，哪来的力气玩。

1958年，人民公社成立了，全村人集中到公共食堂吃饭。这时候，姜银祥开始上学了。他印象最深的是开学时老师教的那首儿歌：“吃饭不要钱，幸福万万年，为什么男女老少笑开颜，嗨，幸福万万年！”

不过，还没吃上几顿饱饭，食堂就办不下去了。方圆十里八乡，下姜底子最薄，哪经得起这样的折腾。

就在这时，又一个严峻的考验摆在了下姜人面前：1959年4月，为支持新安江水库建设，上级安排下姜村接收安置芮畈人民公社冯家墩大队的水库移民50户，共189人。

对于原本只有78户、330人的下姜村来说，新来居民数达到了原有人数的将近60%。

姜银祥家里新住进了两户人家：一户6口人，一户5口人。他家原本不足80平方米的3间破瓦房里，一下子要容纳14个人。屋里摆不开床，各家只能砍些树棍搭个上下铺挤着睡。

吃的问题，就更难解决了。1960年春节刚过，许多人家就断了顿。刚开始，集体还能给些接济，后来，附近的粮库全空了，饥饿的阴影笼罩着每个家庭。人们不得不放下日常活计，纷纷到附近的山上挖野菜和树根。

先是在村边的山上挖，可是不久，周边的塘丝坞、炭子坞、稻子尖……地就像被犁铧翻过一样，连枯草的断根都很难见到。小溪旁柳树的树皮一律被剥光，只剩下白花花的树干矗立着。

人们只好到深山里找吃的。往返二三十里路是很平常的事。

学校早就停课了，学生们随着家长往山里跑。这时候，学知识已经无关紧要了。他们最想知道的就是什么植物可以吃，什么植物在什么地方可以找到。

到了1960年秋天，方圆几十里的山上已经没有什么可挖的了，浮肿病人开始一个接一个出现。

为什么会出现浮肿病？人体内，水分总是从浓度低的地方向浓度高的地方渗透。长期饥饿，血管里的蛋白质就很少，血液的浓度就很低。如果血管内液体的浓度低于血管外细胞间隙的液体浓度，那么，血管里的水分就会渗出，在细胞间隙流动，从上往下先在脚部形成积液，即形成水肿。积液越来越多，浮肿自下而上发展，最后全身浮肿。这种病无药可治，也无须用药治疗，只要有饭吃，血液里的蛋白质就会增加，浓度增加了，浮肿就消了。

可是，就算当时的人们明白这个道理，又能去哪里找吃的？

村里得浮肿病的人越来越多，病情越来越严重。有人开始不管不顾地挖乌拉根（一种野生树根）吃。

老辈人都知道，这种树根，吃到嘴里甜甜的，可是吃下肚就麻烦了，像沉甸甸的石头堆在肠胃里，吃得越多，堆得越结实，排便也越来越困难。这时候，再吃，就会要了命。

可人们已经顾不得那么多了，只要能暂时止住饿，管他明天怎么着。

讲到这里，姜银祥打住了，似乎不愿意回忆那段伤心的往事。过了许久许久，心情平复了，他才接着讲下去。

在姜银祥家住的那户移民人家，早就断了顿。姜银祥的母亲给他们送去了一点麸皮和野菜。

可老两口舍不得吃，把这些能活命的东西留给了孩子们。

老两口上山刨挖野乌拉根吃。几天之后，两个人的肠胃便出了问题，先是每天互相帮着用棍子从肛门里往外抠大便，后来似乎已经没有力气抠了，鼓着圆溜溜的大肚子有气无力地躺在院坝里“哼哼”。有一天早上，一阵急促的“哼哼”声后，就再也没有声音了。两个老人就这样先后去世了……

三年困难时期，下姜村一共饿死了30多口人。剩下的人，也大多得了浮肿病。严重的饥饿，还带来了生育率的严重下降。据村志记载：1960年到1962年，下姜村的人口出生率低得吓人，出生人数分别只有1人、4人、3人。

“你知道我小时候吃过的最好吃的东西是什么吗？”

我一时愕然，不知如何作答。

不等我回答，姜银祥自己回答了：“是土面。”

人民公社成立后，母亲在村上的磨坊为集体磨玉米面。

放学后，姜银祥会来磨坊玩。一次，他饿得实在受不了了，趁母亲不注意，从箩筐里抓了一把玉米粉就往嘴里塞。

谁知被母亲看到了，“啪”的就给了他一巴掌：“放下，这是公家的东西！”

母亲严厉的神色，把姜银祥吓住了。他怯怯地把面粉放回了箩筐。因为从小就没了父亲，母亲平时对他非常疼爱，别说打一巴掌，就连一句重话都舍不得说。

姜银祥“哇哇”地哭了起来。

母亲也想不到自己会这样对待儿子。她先是一愣，然后，一把抱住儿子，抹起了眼泪：“儿，我知道你饿，可这是公家的东西，不能碰！”

这句话，姜银祥记了一辈子。

母子俩相拥着哭了很久很久，突然，母亲想起了什么：“儿，别哭了。你瞧，妈妈给你做好吃的。”

姜银祥疑惑地看着母亲。

母亲直起腰，拿起墙角的笤帚、撮箕，从土坯墙的缝隙里和窗框的角落里，一点点轻拂磨面时荡起的粉尘。扫遍了四面墙壁和窗框，收获显然不能使母亲满意。她又踩着凳子，将笤帚向房梁伸去，过了许久许久，终于使撮箕底部积了薄薄一层玉米粉和泥土的混合物。

母亲笑了，是那种寻到了无价之宝的开怀的笑。

她找来树枝、枯叶，生起火，把撮箕里的粉尘加点水和一下，捏成团，插在树棍上烤起来。不一会儿，一股奇异的香味便在空中弥漫开来。

说到这里，姜银祥闭上了眼睛，脸上的线条也柔和起来：“这是我小时候吃过的最好吃的东西呀。”

1969年，17岁的姜银祥通过虚报年龄当了兵。

因为从小吃不饱，体重不达标。为了体检能过关，他提前做了准备——很多天不洗澡，因为身上有点泥，多多少少可以增加点重量。体检当天他又喝了一大桶水，一直憋着不敢上厕所。

好悬啊，称体重时，勉勉强强达标。

到了部队，天天像过年，全班属姜银祥饭量最大。

肚子吃饱了，当年，姜银祥的身高就往上蹿了五六公分。

姜银祥坦言：“那时当兵，保家卫国的想法有没有？当然有。中苏关系正紧张，听说珍宝岛还干起来了。保家卫国，二话不说。不过，最主要还是为了填饱肚子……那个年代，因为饿长不高，不算什么稀奇的事。我的小姨子就只有一米多一点点。她的上一代、下一代的身高都挺正常，只有她的个子没有长起来……”

二

姜祖海年轻时，一定是个帅哥，鼻梁挺直，五官端正。1949年出生的他，正好70岁，可是背不弯、腰不塌，走起路来脚步轻捷。尤其是他的穿着，永远是那样得体、整洁，款式和做工也都很讲究。

一次聊天，我和他开玩笑：“老姜，总打扮得这么精神，老嫂子一定很能干！”

谁知老姜一点也不谦虚：“那是！那是！”

我正诧异间，他又补充了一句：“我家那位，年轻的时候，又漂亮又能干，关键是心眼儿也特别好。早年吃不饱肚子的时候，人家一点也没有嫌弃我。”

接着，老姜给我讲了这段特殊年代“饿出来的爱情”。

“土改”时，姜祖海家有30亩地。这在下姜村，如同“羊群里钻出一头骆驼”，因此，工作队毫不犹豫地把他家定成了地主。

在那个“阶级斗争年年讲月月讲天天讲”的年代，一旦成分不好，立马就被打入另册。姜祖海家在全村地位最低，动不动就要被贫下中农拉出来“过过筛子”。

姜祖海的父亲是读书人出身，知道读书的好处。尽管身份低微，但他还是想尽办法，坚持让姜祖海读完了初中。姜祖海很争气，在学校，门门功课都名列前茅。

在20世纪60年代初的农村，初中毕业，算是个不折不扣的知识分子了。如果成分好一点，吃“公家粮”应该问题不大。可姜祖海，一直没有单位敢录用。

天天在田里“戳牛屁股”不说，婚姻大事也亮了“红灯”——虽然一表人才，但一听他是地主出身，姑娘们扭头就走。

光阴荏苒，村里的同龄人都讨了媳妇，他20大几了，仍是单身。

见姜祖海老实本分，村里有个热心人，向几十里外的姜家镇下社村一户熟识的人家，帮姜祖海提亲。

这户人家姓洪，有个待字闺中的漂亮姑娘叫洪爱姣。

一听是下姜村的，洪爱姣的母亲首先反对：“下姜村？不行！不行！这不是把我女儿往火坑里推吗？人家不都这么说嘛，‘土墙房、半年粮，有女不嫁下姜郎’。”

媒人来前做了充分的准备，一个劲儿夸姜祖海人品好、老实本分，并适时亮出了姜祖海是知识分子这块“招牌”。

看来，姑娘喜欢读书人。不管母亲怎么反对，姑娘还是红着脸答应赶集时远远见上一面。

这一见，姑娘芳心暗许：这不正是心目中的如意郎君嘛！

尽管正值滴水成冰的严冬时节，爱情的芽儿还是从冰缝中冒了出来。几十里的山路，隔不断两颗火热的心，两个年轻人时不时会借口赶集见上一面。尽管见面时，也许羞赧得谁也不好意思说一句话。

不过，那位介绍人不该隐瞒一个重要事实——姜祖海的地主出身。

事有凑巧，正当进入谈婚论嫁的关键阶段时，又一场运动袭来，姜祖海的父母被捆起来，戴着高帽四邻八乡游斗。

这一下纸包不住火了。姑娘家里顿时炸了锅：一个贫下中农的女儿怎能嫁给一个地主的儿子？不光洪爱姣的母亲不干，亲戚朋友们也纷纷上门劝洪家退了这门亲。

姑娘一时不知如何是好，躲在房间里“嘤嘤”哭着不愿出门。

洪爱姣的父亲是一个开明的家长，他问女儿：“你认为小伙子人怎么样？只要他人品好，你中意，这辈子你就有了靠山，日子就能过出滋味来。”

洪爱姣义无反顾地嫁到了下姜村。

过起日子，洪爱姣才领会到了“地主”两字的真正含义：那时候出义务工比较多，村上修水库、修渠、修大寨田这些最累的活儿都少不了姜祖海家；粮食年年歉收，家家常年吃不饱，每家每户都向集体借粮，唯独姜祖海家不行；过日子谁家都有缺个针头线脑的时候，可村里没人愿意借给姜祖海家……

“自嫁过来，我媳妇就没有过过一天好日子。为了多挣工分，在生产队，她像男劳力一样干活；回到家，她把家务活全抢了去，让我多歇一会儿；只要有一丁点好吃的，她就让着我，说自己不喜欢吃；就是做一碗粥，她也是把稠的捞给我，自己喝稀的……她不怎么会讲话，但是打心里疼我啊。这一辈子，我亏欠她太多太多！”念叨起妻子的好，姜祖海竟抹起了眼泪。

两个儿子落地后，添了两张嘴，日子就更难过了。怎样才能让妻儿吃饱肚子？姜祖海愁断了肠。

一次偶然的机会，他听说村里一些胆子大的，偷偷从山上砍伐一些盖房时能做檩条、椽子的树木，扛到衢州换粮。他心思一动，也想试试。

一根能做檩条的木材，至少百斤重。下姜到衢州近百里地。扛着百斤重的木材，连续不停地走近百里山路（为了躲避各种各样的检查，还要专拣人迹罕至的地方走），那简直是在搏命啊。

偷伐集体林木，等于偷盗。在那个“阶级斗争一抓就灵”的年月，偷盗意味着什么？一个地主的儿子偷盗又意味着什么？姜祖海心里清楚得很。但是，实在饿得没办法了，他决定铤而走险。

趁着天黑，姜祖海上了山，循着白天做的标记，找到了自己要的树。放倒，去掉枝叶之后，已是后半夜。

当天出发已来不及。他把木材用柴草藏好，回到了家。连着两三天，他提心吊胆地在村里和山里晃悠，看看有没有惊动什么人。

太好了，一切如故。

第四天，是个阴雨天。姜祖海准备出发了。怕妻子担心，只说生产队里有公差，要出去几天。

出发时的情景，姜祖海记得清清楚楚：一大早，妻子就不见了，正疑惑间，她进来了，递给他一个能背在肩上的土布包裹，打开一看，里面是几张冒着热气的玉米饼。

姜祖海一惊：“面缸已经快见底了，全烙成饼，你们吃什么？”

“家里还有吃的。”妻子头扭向别处，低声说。

姜祖海执意拿出一半的饼留给妻小。

洪爱姣把饼又塞回了包裹：“穷家富路。在家里，怎么着，都会有办法。”她的目光很坚定，不容姜祖海有任何的违拗。

就这样，姜祖海上路了。

他不敢走大路，只拣最偏僻的羊肠小道前行。一听到前面有动静，他就将木材迅速藏进草丛里，自己也找个树丛躲起来。确定四周安全了，再接着前行。

由于路不熟，他走走藏藏，藏藏走走，第三天才走到衢州地界。就在这时，他碰到了巡山的民兵小分队，而且是迎头碰上的，藏，已经来不及了。扔了木材跑？想一想妻儿面带菜色的脸，他又不甘心。那不是木材，是粮食，是一家人的命啊！

豁出去了，他扛着木材夺路而跑。后面四个年轻人奋力追赶。

“一定是‘四类分子’。站住！再不站住我们要开枪了。我们手里可有真家伙。”追的人煞有介事地咋呼着。

姜祖海什么也顾不得了，跑，跑，拼命地跑。只有跑赢了，妻儿才有饭吃！

在这一信念的支撑下，姜祖海爆发出了难以想象的能量，扛着百斤重的木材，最终竟跑赢了四个年轻人。

木材，扛到了衢州。更重要的事还在后头呢——寻找买主。

他把木材藏好，走进附近的村子，打探谁家正在盖房子或准备盖房子。

连续走了几个村子，都没有找到买主。

好不容易看到一户人家正在盖房子，他赶忙凑了上去，悄声说：“我有一根好檩条，想换点粮食……”

对方努了努嘴，让他看堆在当院的一堆木料："来晚了。我备的料正愁用不完呢。"

干粮早就吃光了，肚子饿得咕咕响，双腿也像灌了铅。姜祖海不知如何是好。

这时，边上一个老汉插话了："我准备给儿子盖房子娶媳妇，想备些料。不过，得先看看再说。"

姜祖海赶紧跑到村外，扛来了木材。

老汉踢了踢那根木材："当不成主梁。算了。"

"叔，我扛了百里地。家里……家里实在揭不开锅了。"

老汉心软了："那就当辅料用吧。先说清楚了，换不了多少粮食。"

"您看着给，看着给。我不还价。"姜祖海鸡啄米般连连点头，生怕人家变卦了。

姜祖海终于换回了半袋大米。好像是两三年前的陈米，颜色已不那么鲜亮了。但他感激不尽，真想跪下来给老汉磕几个响头。

回到家中，姜祖海发现妻子躺在床上，已起不来床了。听大儿子说，妻子用扫缸底的面给他们熬了粥，而自己已经三天没吃东西了。

这时他才知道，妻子那句"家里还有吃的"是让他放宽心的谎言……姜祖海的眼泪流了下来。

“家里还有吃的。”这是他这辈子听到的最动听的情话。

三

姜德明是个“潮”老汉。

72岁的他，头发肯定染过。不过，他的头发和姜银祥的不一样——他的不是那种一眼就让人看出来的黑黢黢的黑，而是很自然的黑。我曾和他开玩笑：“老姜，头发养得真好啊！比那些染过的都黑。”他很得意，不说破，眼睛眯成了一道缝，脸笑成了核桃皮。

他总是穿一套休闲西装，衣服有些旧了，但洗得很干净。

他说话干净利落，很有逻辑。这时候，如果你夸他讲话有水平，他会更加得意，更加注意用词，适时还会做出怅然的样子长叹一口气，说：“唉！现在的人，命真好！当年，如果不是为了那口饭，我能考上大学呐！你信不信？”

姜德明说，他小时候特别喜欢读书，而且领悟力惊人，老师课堂上讲的，别人还没有弄明白，他一点就通。背书，也属他背得最快。每次考试，他的成绩都是班上最好的，连班主任都夸他天生就是读书的料。

可是，为了填饱肚子，他却不得不一次次辍学。

记得第一次辍学是“饥荒年”刚开始的那一年，母亲说，家里揭不开锅了。邻居偷偷告诉母亲，千岛湖边上有一处山坡上长满了菜籽（一种野菜），得抓紧去采。否则，知道的人多了，就被采光了。

母亲让他别上学了，现在就跟她走。

他不去，顶撞母亲：“啥也没有上学重要。”见母亲不“开窍”，他就“教育”起母亲来：“老师说过，‘只有学好了本领，将来才能更好地建设我们的国家’。老师还说，‘读书能够改变命运’。”

母亲不等他说完便打断了他：“命运改不改得了我不知道，我只知道，再没有东西吃，全家人命就没了。”

母亲把一个篮子往他手里一塞，拽着他出了门。

上课时，老师发现他不在，问其他同学是什么原因。没人说得清。老师急了，一下课就朝村里赶去。

得知他去采菜籽了，老师的心放下了一半。这位负责任的老师根据邻居提供的线索朝千岛湖的方向找去。寻出10多里地，最终在一片山坡上找到了母子俩。

“让孩子回去上课吧，读书对他以后很有用。”老师央求母亲。

“这也是没法子。家里实在没吃的了，总得先顾着眼前吧。”母亲也很无奈。

“明天能到学校吗？德明很聪明，但课也不能落下太多。”

“老师，不行呀。菜籽必须趁着现在采，长老了就不行了。家里的存粮，撑不到收成下来……”

“德明是个读书的料，没见过这么聪明的孩子。天天挖野菜可不行，耽误了学业，会误了他的前程。你想让孙子以后也挖野菜？”

母亲被说动了，叹了口气：“家里难啊……”

“再难，咬咬牙，让他先把书读完？”老师和母亲商量。

看母亲犹豫，老师开始动手帮忙采菜籽：“你看这样行不行，我弄得肯定比他快，要不我来采菜籽，让他回去读书？”

母亲的眼泪瞬间就下来了，一时说不出话，她把姜德明往老师怀里一推，说：“去吧，上学去，好好念书。”

于是，姜德明重新回到了学校。

从此，他更加勤奋了，别人花一分工夫，他就花十分。“条件越差，越知道珍惜。”他这样评价当时的自己。

他的成绩总是第一名。学校出的板报上，总有他的东西。因为他学得快，老师时常给他开小灶，把要教的课程提前教给他，然后让他辅导其他同学。

老师一次又一次地鼓励他："德明，全班我最看好你。只要你努力下去，将来一定能考上大学。"

大学什么模样？姜德明脑子里还没有概念，但他相信，那里一定不会饿肚子。

有了这个宏伟目标，姜德明就像上足了劲儿的发条，上课时集中精力听讲；放学回家的路上，脑海里还在"放电影"——把老师课堂上讲的内容全部过了一遍又一遍。

一次在村口，因为太过于专注，他一脚踩在了一坨热气腾腾的牛粪上，却浑然不觉。路人提醒他，他也听不见，嘴里嘟嘟囔囔地说着一些只有他自己才懂的句子。于是，村里有传言，老姜家的这个孩子读书读傻了。这个笑话，在下姜村流传了好多年。

关于他读书读傻的笑话，可不止一例。说是有一次母亲让他到井台打水，他突然想到了一道演算题，于是把手里的井绳一松，蹲在地上便演算起来。母亲急等用水，寻到井台，见此情景，朝他后脑勺就是一巴掌。还有一次，一个大夏天的深夜，他对着油灯在背书，汗流浃背。母亲心疼他，给他端了一碗白开水，谁知他把桌上的一瓶墨水当水喝了……

尽管他对读书痴迷到了这种程度，但是由于家里太穷，为了填饱肚子，小学毕业后，他还是含泪离开了心爱的学校……

“现在，只要一听说哪个学生仔，上学不好好用功，我就想给他一巴掌。那时候，我是多么想上学啊，可是没办法，没办法……”说到这里，老姜有些哽咽，不断用袖口揩拭着眼角。

第三章

咋就走不出贫困的怪圈

贫困，仿佛是下姜人摆脱不了的窘境。放火烧山，“刀耕火种”，收获的还没有种下去的多；做生意，山路崎岖、无人问津；办工厂，技术跟不上，更少了龙头企业带动……当地干部群众一次次深入探讨，找出了贫困的根子。

改革开放以前和改革开放初期，温饱问题一直困扰着下姜。

那么，下姜为什么一直走不出贫困的怪圈？

带着这个问题，我和下姜的干群进行了深入的探讨。归纳起来，大致有以下几个方面的原因。

一

一方水土养活不了一方人，是造成下姜贫困的主要原因。

前文讲过，全村700多口人，只有600多亩耕地，人均不足1亩田，而且多是瘠薄的田。在下姜村，一直有“路无三尺平，田无百斤粮”的说法。

我曾经一次次在下姜的田埂上散步。这些田多分布在河道两旁，由河水冲积而成。山里的河道蜿蜒曲折，围着山脚绕来绕去，山形有缓有峭，这些田也就很不规则，且大多只有半个篮球场或一个篮球场那么大。由于河水落差很大，田也高低错落。为了不被山上流下来的洪水冲毁，田的周边都垒着高高的石堰，每走几步就要上一个台阶或下一个台阶。

这样的田，你就是反复挖刨，又能挖刨出什么？

对于农民来说，田是最基本的生产资料。没有田，就没有饭吃，更谈不上有钱花了。

此外，下姜的生产方式也比较落后。下姜以前的种田方式，大抵是这样一种情况：水田种水稻，旱地种小麦，有的甚至靠天收，很少施肥。化肥是改革开放以后才开始使用的，之前，没有人考虑过土地肥力的问题。

至于轮作，问了许多村民，都说从来没有实行过。

早在北魏，《齐民要术》就对作物轮作的必要性有过论述："谷田必须岁易"，"麻欲得良田，不用故墟"，"凡谷田，绿豆、小豆底为上，麻、黍、胡麻次之，芜菁、大豆为下"……

现代科学表明：轮作不仅有利于均衡利用土壤养分和防治病虫草害，还能有效改善土壤的理化性状，调节土壤肥力，最终达到增产增收的目的。

不实行轮作，时间长了，土地的肥力自然不足。

再有，下姜人靠山吃山，祖祖辈辈都有砍柴烧炭的习俗，周期性地把一座座大山砍得光秃秃的。山秃了，会加剧水土流失。

而土壤肥力下降养不活人，人们又只能拼命砍树，于是便陷入了这样一个恶性循环：田养不活人—砍树—水土流失加剧—肥力减退—粮食产量更低。一旦陷入恶性循环，想跳出来绝不是一件容易的事。

姜银祥讲过这么一段往事："饥荒年"出现一例接一例饿死人的事件后，上级要求下姜开展生产自救活动。

下姜的做法就是放火烧山，然后找平坦一点的地方种玉米——最原始的"刀耕火种"。村民们也不去翻地，就是走一步挖个小坑，丢几粒种子，然后走一步再挖下一个坑。

当时的情景姜银祥记得很清楚：母亲走在前面用锄头挖坑，由于久旱，一锄头下去山坡上腾起一股烟尘。他跟在母亲后面，从挎在腰间的包里拿出种子，机械地丢进坑里。母亲边挖坑边告诫他："一次最多只能丢3粒，每一粒可都是咱庄稼人的命啊。"

他问母亲："这样种下去，能发芽吗？"

母亲瞪他一眼："可不能说这种丧气话。土地爷听见会不高兴的。"

无论说与不说，秋后的收成，给出了一个答案：收获的，还没有种下去的多。

二

下姜村藏在群山的褶皱里，这种环境阻断了下姜与市场经济的联系，使下姜成了游离在市场经济之外的“孤岛”。如此，当地的土特产便无法与大市场对接，也就不能成为带动农民脱贫的利器。

“现在坐汽车从千岛湖镇到下姜，用不了一个小时。当年可不是这样。你知道吧，就是因为行路难，我这条小命差点交待了。”下姜村村委会主任姜排岭是条精壮汉子，他粗粝的手掌厚实有力，和他握手时，只觉得有股劲道往骨缝里钻。

他撩起衣服，执意让我看他肚皮上那道长长的伤疤：“瞧见了吧，这道刀疤，是下姜交通不便的见证，也是过去贫困日子的见证。”

姜排岭告诉我，1971年出生的他，原名叫姜麦生，属于家族里的“麦”字辈，两个姐姐分别叫姜麦娜、姜麦娣。

大约半岁的时候，父母发现，原本很安静的麦生不安生了，经常莫名其妙地啼哭。刚开始大人没有当回事，可连着几天，麦生的动静越来越不对头了：不但躁动不安，还常常出冷汗、呕吐，再后来竟翻起了白眼。

父母这才意识到可能哪里不对了，赶紧把他送往村里的卫生所。村里的赤脚医生检查后认为：麦生的“肚子很重”（按现在的医疗术语讲，应该是“腹部包块”），必须马上送到县城医院抢救。根据症状，再耽搁下去，性命难保。

父母急坏了，抱起麦生就往县城的方向跑。

县城在排岭镇（今千岛湖镇），当时还不通公交车，去一趟排岭镇要折腾大半天，不但要翻过一座又一座山，还要坐轮渡。

父母轮流抱着他，不停地跑啊跑，从上午一直跑到天擦黑，才赶到了医院。父亲的鞋底磨穿了，两只脚掌血肉模糊。

一到医院，医生马上把他送进了急诊室，确诊为肠套叠。

医生说，这本来是婴幼儿常见病，但耽搁得太久了，现在只能动手术试试看，能不能救过来，就看他的造化了。

动手术需要一大笔钱。院领导拍板，救人要紧，先做手术，手术费以后补上。

手术很成功，姜麦生捡回了一条命。

从医院回来后，为了纪念这次夫妻“远征”排岭镇的壮举，父母把他的名字改成了姜排岭。

不过，为了把他从阎王爷手里夺回来，父母前前后后共花了

9000多块钱。在以“分”和“角”为主要货币单位的20世纪70年代，这是一笔无法想象的巨款。这笔巨款，父母靠出去打零工一点一点地攒、一点一点地还。全部还清，整整用去了8年多的时间。

“那时候，去趟县城，就是出远门了。而去杭州，在我们心里，就像现在出一趟国一样让人兴奋。”曾担任过下姜村党支部书记的杨红马讲起了19岁那年第一次去杭州的经历。

那是20世纪70年代末，杨红马接到一项任务——替生产队去杭州送货。要去杭州了！他激动得一宿没睡好，脑子里想象着从大人嘴里听来的有关杭州的一切。

父母得知这一消息，都替他担心，反复给他交代路上的注意事项。为了不让他在路上挨饿，他们提前好几天就开始准备干粮。

第二天一早，他起得比谁都早，焦急地蹲在车旁候着，盘算着出发的时间。

“当时一起去的还有一位驾驶员和一个食品收购站的推销员。我们要把村里收购来的土猪，运到杭州农贸市场。”杨红马回忆。

那时通往县城的是一条盘山土路，不仅七弯八拐，而且坑坑洼洼，有的时候一个上下坡就得花掉一个小时。

刚出发，一切都是新鲜的。看着路两边的青山、绿水、房舍朝车后奔去，觉得蛮有意思。可是时间长了，就倦了。太阳已到头顶，还没有看到省城的影子。

他不停地问司机："杭州还有多远？还有多远？"

司机永远是那句话："早着呢！早着呢！"

当时的公路上，到处是雨水冲刷过的暗坑。车轮陷进去，要狠踩油门才能爬上来。有好几次，车轮打滑，差点翻车。杨红马出了一头又一头冷汗。

早晨5点不到就出发，直到太阳隐在地平线后，车子才有气无力地驶进了市区。

"一路上颠得我几次吐黄水。卸完土猪，办完事，我钻进车里就呼呼地睡着了。回去后，村里的人问我：'看到西湖了吗？'我没好气地说，颠得我苦胆都要吐出来了。西湖就是在我眼皮子底下，我都懒得瞅上一眼。"

"下姜，困在山窝窝里，山珍土货运不出去，就是端着金碗也只能讨饭了。20世纪90年代，村里许多家庭种植了中草药，收购商对产品很满意。人家试着进村收购了一次，谁知回去的路上不停地抛锚，还差点翻车，人家一算账，觉得不合算，再也不来了。"

"那时候，好东西只能烂在手里。有几年，山上的竹笋都没人挖，因为挖了卖不掉。"杨红马无奈地说。

三

除了受资源、环境制约，缺乏科技引领和龙头企业带动，也是下姜村走不出贫困怪圈的重要原因。

下姜耕地少，但山地面积很大，万亩山林中，有6000亩适合席草的生长。席草是制作凉席的主要原材料。下姜村隔壁的孙家畈村，家家户户都制作、售卖凉席，这一传统已经有了几百年的历史，而原材料都由下姜村提供。

下姜人为什么自己不去编草席卖？

村里人的回答是：“那是技术活，我们哪里懂?!”

“不懂为什么不去学学?”我曾这样问过村民。

大家语塞了。去学？大家似乎从来没有想过这个问题。

因为不懂，下姜人只能以极低的价格卖原材料；因为不懂，开发的果园无人管理，眼睁睁看着它荒掉；因为不懂，引进的雷竹好不容易繁育成功了，最终只能无奈地承包给外村人……

因为不懂，农业办不好，工业也难成气候。20世纪90年代，国家大力扶持乡镇企业和村办企业。村民信心满满地办起了电珠厂。

和我谈起当年办厂的情景，杨时洪很不好意思："那时候胆子大，听说电珠厂投入小、来钱快，就去贷款办厂了。当时办厂得到了上面的支持，不需要抵押，钱很快就下来了。1994年工厂开始运作。谁知，并不像想象的那样好弄，第一年就亏损了。亏损的原因很简单，技术过不了关，老是出废品。记得第一年亏损了1万多元；第二年，接着亏；第三年，实在撑不下去了……"

村里的另一能人姜银祥，也有过类似的经历。在杨时洪办电珠厂的同时，他办了一家丝织厂，将村里每家每户产的蚕茧进行深加工。

这本来是个非常好的项目：直接从农民家里收蚕茧，丝织厂有了价格合适、稳定可靠的原材料供应渠道；而农民养的蚕，有了这个龙头企业，不愁难卖。

开始时，效益的确不错。但自1998年起，受金融危机影响，市场竞争越来越激烈，他的厂，最终被挤垮了。

总结这次的教训，姜银祥感慨万端："因为技术跟不上，产品总是落后于别人。等我们生产出来，才知道人家的产品已经更新换代了，我们的东西只能躺在仓库里。回不了款，就无法继续生产。靠借钱发了一段时间工资，再后来就办不下去了。2002年，丝织厂也宣布倒闭……至今，我还欠着部分村民的工资呢。"姜银祥感到很内疚！

从此之后，下姜再也没人办过企业，只卖“原字号”农产品。没有龙头企业带动，下姜人只能单门独户去闯市场，弱、小、散的问题始终难以解决。

余红梅是个干练的中年妇女。她不甘于贫困，总想干出点什么。

山区，潮气比较大。因为潮，人很容易得风湿。千百年来，群众通过实践，总结出了辣椒去湿的办法。

下姜人祖祖辈辈传下来种辣椒、吃辣椒的习惯。辣椒吃得多了，也便吃出了花样，最受欢迎的是用辣椒、黄豆、大料制成的辣椒酱。这种辣椒酱，味道独特，鲜美异常，且便于长期保存。“下姜辣椒酱”因此享誉十里八乡。

余红梅心灵手巧，做出的辣椒酱尤其受欢迎，街坊邻居都让她帮着加工。

加工来加工去，她的脑袋开了窍：何不多加工一些对外出售？

说干就干。可是，效果却没有想象中的好：做少了，没有多少赚头；做多了，总砸在手里。

时间久了，余红梅找到了原因：有的客人第一次吃，觉得好；第二次再买，感觉味道不一样了，就认为你偷工减料了，从此不再买了。

而实际原因，是缺乏品控。余红梅说，做的时候更多的是凭感觉，没有把每一份材料都详细称重，因此，做出的辣椒酱每一批之间都有差别。

村里做辣椒酱的，家家都是如此：零零散散做，零零散散卖，忙活来忙活去，谁也做不大，谁也形不成规模。

余红梅一直在琢磨解决问题的方法，她认为，必须有人把大家组织起来，统一标准、统一生产、统一售卖。

可是，该由谁来组织大家呢？余红梅也不知道。

她所知道的是，这些年，乡亲们渴望丰收，又害怕丰收，因为丰收了，产品堆得到处都是，卖不上价，很多烂在地里。譬如，有一年，听人说包心菜能卖好价钱，于是家家户户都种。

那是一个好年景，老天帮忙，包心菜需要雨水的时候天就下雨了，该晒太阳的时候天就放晴了。所以，产量高得出奇，每亩田收六七千斤。可菜采下来后，却没人来收。一打听，当年种包心菜的人太多，都丰收了，菜贩子收不过来。最后，大家只能以5分钱一斤的低价卖出去。

不卖？那就只能烂在地里了。

“唉！这样的事，过一两年就能碰到一次。没有人去组织，没有龙头企业带动，农民闯市场，难呐！”余红梅只能这样叹息。

四

那么，缘何没有人去组织？

说起这个问题，下姜人一直讳莫如深。有人悄悄给我出主意：“你去问问姜德昌。”

姜德昌有点年纪了，满头白发，走起路来慢悠悠的，背微微有些驼，两只手习惯性地抱在小臂上。他很爱和人聊天，尤其喜欢给陌生人讲当年的故事，但他的普通话不好，听起来很费力。好几次我和村民聊天时，他都凑上来。一开始，他就在边上听，但一讲到下姜的历史，他就忍不住插话，还急赤白脸地纠正别人的错误说法。

可真要问他一些下姜村的内情，他却总是顾左右而言他。不过，接触次数多了，我还是找出了一些蛛丝马迹。

1964年，“四清”（清账目、清仓库、清工分、清财物）运动在全国展开。姜德昌那时候在村里当会计，没想到运动一开始，他竟被列为“重点审查人员”。

下姜村穷得叮当响，想贪污也没财物可贪呀！姜德昌拒不承认。

他的话没人信。可村集体那薄薄的账本被前前后后翻了无数次，人们并没有发现任何问题。

工作组仍不放过他，到他家里掘地三尺找“罪证”，结果，仍一无所获。

工作组下不了台，便开始动粗的，把他捆了一绳又一绳。以至于过了许多年，他见了绳子仍害怕……

不光是姜德昌，当时的生产队队长、粮食保管员、记工员等，凡是沾点权力的，都受到了严格审查。

“看来公家的事不能沾！”这件事情，在下姜村村干部心中留下的阴影，很多年后仍没有被彻底消除。

之后，又碰上了“文化大革命”。村子穷，“斗争精神”却不减，派系林立，夺权与反夺权搞得村子“烟雾腾腾”；长期的不稳定，让老百姓对村里的班子失去了信任，基层党组织基本趋于瘫痪状态；而阶级斗争扩大化，搞得村民人人自危……

“那年头，一天到晚，就知道斗！斗！斗！斗来斗去，谁还有心思抓生产？斗来斗去，把淳朴的民风、勤劳的传统也斗丢了，有些年轻人竟然出去拦路、打架、抢劫……‘文化大革命’后期那几年，村里几乎每年都有人被判刑，最多的一年有4个，最重的被判了14年。”忆起往昔，杨红马痛心疾首，“如果不聚拢涣散的人心，下姜村发展，就是一句空话。”

五

分析下姜村贫困的原因，还有一个问题绕不过去。

在下姜采访时，上点年纪的人都告诉我：当年，下姜村缴公粮，年年都是优秀。

查了一下村志，白纸黑字，的确如此记载！

一方面，人人吃不饱肚子，另一方面，又是公粮缴纳先进村！听起来，匪夷所思。那么，背后的原因是什么？

老人们给我讲了这么一段往事：1958年，“大跃进”运动起来的时候，各村都在争着“放卫星”，许多村上报的亩产都过了万斤。

下姜村大队长杨家炳到公社汇报产量的时候，思来想去，觉得报太高不妥：说出去的话，泼出去的水，报那么多，拿什么给上级缴呀？

不过，大势所趋，杨家炳还是大着胆子报了亩产3000斤。在他看来，这个数字已经掺了太多的水分，“砍三刀都见不着肉哩”！

谁知公社领导的脸一下子沉了下来，冷冰冰地说：“杨家炳，人家都超万斤了，你才报3000斤？这像干革命吗？村村都在‘大跃进’，你可别像个迈不开脚的小脚老太。”

杨家炳一脑门子冷汗，嗫嚅了半天说：“5……”

看对方脸色更黑了，杨家炳赶紧改口：“8000斤。”

数字一出口，马上迎来劈头盖脸一顿臭骂。“保守，保守，思想太保守啊！报这么一点！你这个大队长想不想当了？”

杨家炳蒙了，索性照直了说：“这还少呀？实话实说，下姜村的产量，连玉米秆都算进去也没8000斤。”

“你这个人，又顽固又右倾，好吧，听我来给你算一算。”对面那位干部用指头点着杨家炳的脑门，一笔一笔算起来：“麻雀有吧，麻雀要吃3000斤；老鼠有吧，老鼠要吃3000斤；总有刮风下雨的时候吧，算损失2000斤好了；收的时候不小心，掉地里2000斤……你看，你看，我这还没有算你收下来的呢，亩产就已经1万斤了。杨家炳啊，说1万斤都少了。行了，你就先报1万斤吧。”

杨家炳只好捏着鼻子报了亩产1万斤。

这么一报，灾难可就来了：当时，缴公粮制度还没有取消，农民要将收获的粮食按一定标准无偿缴给国家。报的数字越高，当然缴的也就越多。

翻开下姜村村志，这一句话戳得人心痛："人民公社时期，下姜公粮缴纳连年优秀。"

这优秀的背后，不知道多少人饿着肚子呢！

前事不忘，后事之师。"心无百姓莫为官！"这应该永远成为我们共产党人的为政指南。

第四章

第一次吃饱了饭

“让大家吃饱肚子，才算真本事。”揣着这念头，新上任的村支书姜银祥硬是从县农科所“磨”来了两斤半杂交水稻种子。从试种到制种，下姜人填饱了肚子，下姜村摘掉了“半年粮”的帽子。紧接着，下姜人又勒紧裤腰带，建起了枫林港大桥。

问下姜人，究竟何时吃上了饱饭，有的村民说是1978年秋天，有的说是1979年夏天，也有的说是1979年秋收之后。

不管是哪个时间节点，恐怕都与姜银祥发起的“杂交水稻试种事件”有关。

一

1976年，淳安县枫树岭公社党委正式任命退伍军人姜银祥为下姜村党支部书记。

当时的下姜村，依然没有走出贫困的怪圈：村子到公社那条土路，是“晴天洋灰（扬灰）路，雨天水泥（泥水）路”。而村内的土路更是不堪，是“东边刮风西边臭，西边刮风东边臭”。因为路两旁布满猪圈、鸡舍，猪粪、鸡屎到处都是。雨天进村，粪水横流，根本无处下脚；晴天进村，绿头苍蝇嗡嗡乱飞，路人只好夺路而逃。

此时，填饱肚子，仍是村民最大的奢望。

看到这种情况，见过世面的姜银祥，下定决心要改变家乡的面貌。

他召集村民开会，告诉大家自己在外面看到的世界：笔直的马路一眼望不到头，路面平坦得就像一面镜子；城里人出门，都是骑着两轮的“二八大杠”；城里的房子都是用砖盖的，站在楼下，人得把脖子仰到酸才能看到房顶；到了晚上，到处灯火通明，亮得跟白天一个样……

话还没讲完，人们就不愿意听了，打着哈欠盼着早点散会。有的长辈把话挑明了说：“银祥，别讲那些没用的了。让大家吃饱饭，才算真本事。”

“行！咱一言为定。我先让亩产翻一番。”

“现在一亩田是四五百斤，你能让亩产八九百斤？”长辈们直摇头。

“现在外头在搞杂交种子。水稻、玉米都能杂交。我在部队听文化教员说了，产量高的能到1000斤呢。”

“胡吹吧。‘大跃进’的时候还说过亩产万斤呢。”有人翻起了当年杨家炳的那本陈年旧账。

“走着瞧，我要证明给你们看看。”姜银祥攥起了拳头。

1977年春播开始前，打听清楚有关情况后，他径直来到了县农科所，以大队的名义申请杂交水稻种子试种。

当时，杂交水稻还是新生事物，种子稀罕得很。

他递上申请，人家疑惑地看着他："你们有这个能力吗？村里有多少科研人员？受过什么样的专业培训？下姜村终年积温多少？田里的氮、磷、钾含量如何？"

姜银祥有些不知所措。

"那你们凭什么试种？回去吧，没有种子。"

"既然是试种，我们可以摸索呀。"姜银祥没有退缩，硬着头皮央求。

对方不再理他，埋头干自己的事。

他又去了好几次，对方依然不松口。

姜银祥改变策略，施起了"软功"：不给种子？还能不允许我到办公室？好，那我就坐在门口等。你上班，我来；你下班，我走。反正赖上你了，你不给，我就一直等下去。

没两天工夫，农科所那位同志受不了了："同志，种子早分配下去了。等也没用，你回吧。"

"我来前已打听过了，仓库里还有。不行的话，你就让我去仓库看看，要是真没有了，我二话不说就走。"

对方不让他进仓库，也不再搭理他。

而他，依然在门口坐着，不肯走。

终于，对方撑不住了："哎呀，真是拿你没办法。行行行，给你1斤，赶紧回吧。"

拿到种子，他赶紧塞进贴身的包里，生怕对方反悔抢了回去。

"同志，您看，我从下姜村那么大老远来，多不容易啊！能不能再多给点？"姜银祥得寸进尺。

对方一听就急了："嫌少？嫌少干脆别要了。"

"再给点吧，就再给点吧。一斤也是给，两斤也是给，就当我们村是你们的试验点，帮着你们搞良种试验行不行？"

工作人员无奈，只好又给他取了一斤。

姜银祥还不满足，眼睛一转，又生出一计："同志，你看啊，我们村一共有五个生产队，两斤种子咋分呢？一个队四两？说出去不好听呀。人家会说县农科所那么大个单位，咋那么小气！您怎么着也得再给半斤。送佛送到西，行行好，就再给匀半斤吧。只要再给半斤，我马上走，绝不再出现。"姜银祥拍着胸脯保证。

拗不过他，工作人员咬着牙又给了他半斤。

好不容易才搞到的种子，姜银祥把它们看得比自己的亲生儿子还宝贝。

回到下姜村，他连夜把生产队长叫过来开会，一五一十讲述了种子的来历，叮嘱大家一定要按说明书上写的那样去种植。

队长们嘴里答应着，可并没有太当回事。一转过身，大家就相互嘀咕开了：种地，我们这帮老把式还不比你姜银祥懂?！都种了大半辈子庄稼了，从没见过吹得那么神乎其神的种子。

不过，秋天收获的时候，这些老把式们被彻底征服了：杂交水稻每穗竟有300多粒；而村里的老品种，出穗才六七十粒。

怎样才能在下姜村所有人的土地上都种上这神奇的种子?

姜银祥又一次一次往县农科所跑。一回生二回熟。跑的次数多了，就和工作人员变成了朋友。

工作人员告诉他，以前那些种子都是从外地引进的，已经没有了。如果下姜村还想继续种植，必须自己尝试着制种。不过，农科所的工作人员答应派科技人员前来指导。

尝到了甜头的下姜人，对科学种田，表现出了前所未有的痴迷。支部研究后，决定抽出全村最好的10亩田，专门用来培育杂交玉米和杂交水稻。

父本、母本、保持系、恢复系、同花授粉、异花授粉、雌雄异体、雌雄异花……这些怪兮兮的词，尽管大家听得云里雾里，但每个人都很认真。因为人人心里都明白，搞懂了这些词，今后肚子就能吃饱了。

新种子终于培育出来了。先是部分田块试种，1979年，全村所有的土地都种上了新品种。

盼着盼着，迎来了收获季节。产量高得令人难以置信：亩均产量八九百斤！看来姜银祥真不是吹的，产量确实比以前翻了一番。

全村人欢呼雀跃：饿了这么多年的下姜人，今年终于可以吃饱肚子了！

群众最讲实际。姜银祥说，自打这次之后，讲起科学种田，再也没有人耻笑他了——大家实实在在地尝到了科学种田的好处。

也就是从这时候开始，村民们学科技的积极性空前高涨起来。以前，县农科所的工作人员来村里讲课，没几个人听。现在，大家挤破了门槛。有的人嫌不过瘾，还追到其他村去听。不光是粮食种植技术，如何防治病虫害、如何提高肥效、如何降低农药残留、如何养殖家禽这些农技知识，都在村里普及开来。

1979年、1980年、1981年，连续3年，下姜村粮食产量节节攀升。

1982年，下姜村全面实行土地联产承包责任制，大家种粮的积极性就更高了。

至此，下姜村“半年粮”的帽子，终于彻底摘掉了。

二

吃饱了肚子的下姜人，似乎变得“贪心不足”了！村子下一步该怎么发展？如何进一步改变乡村面貌？姜银祥和村班子成员开始筹划了起来。

大家把目光投向了村前的这条河——枫林港。

枫林港是下姜的“母亲河”，养育了祖祖辈辈的下姜人。然而，说起这条河，下姜人心里满是酸楚。

枫林港发源于海拔1500多米的群山中，受天气影响极大，年最小流量仅为30～40立方米/秒，最大流量却达500多立方米/秒。

枫林港进入下姜村时，猛然拐了一个弯，从自北向南突然转为自西向东。发洪水时，滚滚巨浪遇到这个直角转弯，一下子便长了“脾气”，怒吼着向南岸冲去。

这一冲，南岸就遭殃了，堤坝、道路、梯田一下子就被冲得七零八落。这样的洪水年年都要来上几回。

久而久之，南岸便无人敢居住了。于是，形成了这样的格局：村庄在北面，耕地在南面。河以南有全村85%以上的耕地和

85%以上的山林。

人们种地必须跨过河到南岸去。

河上有一座简易木桥。可这座桥形同虚设，一到汛期就被冲垮，人们只能靠竹筏过河。

村民姜江西曾在河上撑过竹筏。他向我回忆起了苦涩的往事。

那时候，每到汛期，他就忙得不可开交。挑着锄头的、扛着犁耙的、挎着篮子的，都挤在岸边。等他把人全渡过去了，已经快晌午了。傍晚，他再把人一个个接回来。

尤其是“三夏大忙”或雨天，人们争着渡河，经常会惹出一些是非来，弄得他这个艄公焦头烂额。

有一年，又发洪水了，在南岸干活的人们都争着回家，竹筏上一下子挤了8个人。由于竹筏太沉，他只好拼尽全力撑篙。

行至中途，竹篙一扎下去，他就觉得不对——应该是卡在了河底的石头缝里。因为刚才用力过猛，卡得很深，使劲儿往外拔了几次，竹篙纹丝不动。

他心里开始发慌，使出浑身力量拔。筏上的两个年轻人也过来帮忙。

最后，竹篙被拔出来了。可是，在竹篙乍然拔出的同时，大家的身体也失去了平衡，一屁股蹲坐在筏上。

要命的是，众人手一松，竹篙被冲走了。

竹筏没有了动力，在湍急的河水中打起了转转。一个浪袭来，竹筏差点被打翻。大家惊叫起来。

姜江西吩咐大家赶紧蹲下，抓紧竹筏。他自己则趴在筏头，一边观察方向，一边用手划水。

手的力量毕竟有限，又一个浪袭来，竹筏一下子翻了，八个人全部落水。

还好，他们大多会游泳，互相帮衬着上了岸。人没事，可带的东西全部落在了河里……

为什么不建一座桥？一座能抗洪水、永远不会被冲垮的石拱桥？姜银祥提出了这样的建议。

这个建议说到了村民的心坎上，大家激动不已。

然而，一打听建桥的费用，人们顿时如同泄了气的皮球：建这么一座石拱桥，至少需要四五万块钱。下姜村的集体收入一共才多少钱？1000块钱！

这点钱怎么造桥？恐怕一个桥墩都建不起。

谁都觉得建桥的事不靠谱。连乡里的书记也过来劝阻：“造桥谈何容易？绝不是一个村能弄的。你们的心情可以理解，但咱们要实事求是。这样吧，等上面有了项目款，乡里想办法给你们申请一下，争取几个村合建一座桥。”

那要等到猴年马月呀？下姜人已等不及了。

说干就干，村支部开始想办法。首先，整合村里的资产：那时候，土地已经全部承包到户，生产队的仓库、房子属集体所有。咬咬牙，村里卖掉了政策允许卖的部分，一共筹集了2000块钱。

剩下的缺口怎么办？姜银祥有个提议：把群众发动起来集资。

尽管这时候群众已不再为吃饱饭发愁，可口袋里并没有多少钱呀。

村民会议开了一次又一次，考虑到当时大家的实际情况，最后做出的决议是：不管男女老少，每人出20块钱。分两年收齐，第一年先出10块，第二年再出10块。

这一招不错，全村筹集到了1万多块钱，有了修桥的第一笔启动资金。

缺口还大着呢！村班子的设想是向信用社贷款。

一听说下姜村贷款是为了造桥，信用社的领导一口回绝："不行，不行，这个弄不成的。你们靠什么还?"

"放心，我们下姜人就是砸锅卖铁，也会把钱还上的。我用人格保证。"姜银祥把胸脯拍得啪啪响。

"你们村还有啥？贷款总得有抵押吧?"

"村集体还有几间房子。"姜银祥说。不过，话一出口，自己也觉得有些底气不足。

“就你们村那几间破房子，你还好意思说?!”

姜银祥急了，拿出了当年到县农科所申请种子时的那股蛮劲儿：“信用社天天喊着为农民服务，可当我们需要你们服务的时候，却一推三六九。请问，你们尽到责任了吗？不管怎么说，这桥我们下姜人是造定了。”

姜银祥说得有理有据。对方的口气松动了：“这样吧，如果有存折，也能抵押。”

“行，我这就回去取存折。”姜银祥忙不迭地回到了村里，家家户户去敲门，借存折。

自从推广杂交水稻成功后，党支部在群众心里开始有了威信。所以，借存折时，群众都很踊跃。

当姜银祥拿着一摞存折再次前往信用社时，信用社的人都愣住了：多少钱的存折都有，有的折子上甚至只有几块钱。常年办业务，他们从来没有见过这种用来抵押的存折！

工作人员知道这些存折意味着什么！他们被深深感动了，在权限范围内，立马为下姜村贷款5000块钱。

可是，还差一大半呢。咋办？

姜银祥打起了县里各个单位的主意，一有空就上门去“化缘”。他把“软功”发挥得淋漓尽致，几乎所有的县直单位都跑了好几遍。

他不但自己跑，还让村班子其他成员一起跑。那段时间，下姜村的村干部“名声在外”，成了县里各个单位里的工作人员“最不想见的人”。

1985年下半年，下姜村石拱桥正式动工。因为没多少钱，请不起大型的施工队，用不起大型机械，下姜村就用最原始的人力方式建桥。

要为自己造桥，不用动员，村民们自发前来帮工。村里能干活的人都来了。缺石料，青壮年争先恐后到15里外的梅川村去挑。缺沙土，妇女们拎着撮箕到河滩去装……

人们说着、笑着、唱着、喊着，仿佛不是来干活，而是来过节的。

因为跨度大，单拱桥很难做，施工难度也很大。而要做多拱桥，就需要在河道中间建桥墩。枫林港汛期流量大，水流湍急。在河道中间建桥墩，必须等到冬季枯水期。

说是枯水期，仍有30立方米/秒的流量。要打下桥墩桩基，必须先用木柱建一个挡水的围栏。站在刺骨的河水里建围栏，不一会儿，身上的热量就会消耗殆尽。

木桩打的围栏，难免会渗水。村里借了台水泵往外抽水。

一天，水泵突然不出水了，眼看着围栏里的水位渐渐涨了起来，大家慌作一团。

“机器仍在转，就是不出水。会不会什么东西堵上了?”有人这样说。

如果水位继续升高，就会冲垮围栏，那么，就会前功尽弃。

“弄点酒。我下去看看。”姜银祥发出了命令。

他三下两下脱掉衣服，猛地灌下一口烧酒，跳进了水里。

他顺着管子一点一点摸。很快，手就没了知觉，头也昏昏沉沉的，须臾，精神就恍惚起来。他知道这是低温所导致的，再撑下去，有可能冻僵在水里。

他赶紧浮出水面，爬上岸活动了一番，再灌几口酒，又跳下水。如此，反复了好几趟，终于找到了问题的症结——淤泥混合着一些碎木块、垃圾堵住了抽水口。

他奋力把垃圾往外掏。大约过了一刻钟，清理工作完成，抽水机又欢快地运转起来……

姜银祥回忆，他还从来没有经历过那么冷的冬天。至今，他身上还留有暗伤，一变天，骨头就酸麻难受。医生说这是风湿，应该就是当年造桥时留下的病根。

…………

30多年过去了，下姜村已发生了天翻地覆的变化，唯有枫林港的流水依旧，那座下姜人同心合力筑起的石拱桥依旧——它依然是南来北往的人们通过这条河流的必经之道。

如今，欣赏朝霞或夕阳中石拱桥的英姿，已成为下姜村旅游的一个项目。当游人了解到这座桥的建设背景时，可能都会情不自禁地发出这样的疑问：在那样一个刚刚解决温饱问题的下姜村，人们凭着什么力量，建起了这座桥？

的确，这座桥，不仅带来了交通上的便利，还使下姜人的精神境界在团结协作中跃升到了一个新高度。

从此岸到彼岸，下姜村跨入了一个新时代！

第五章

心无百姓莫为官

讲述习近平总书记当年视察下姜村的故事，是“明星导游”姜银祥最热衷的事。建沼气、派专家、兴产业……群众关心的，总书记件件放心上。做生产发展的带头人、新风尚的示范人、和谐的引领人、群众的贴心人，姜银祥带着党员干部干白了头。

姜银祥从村支书位置上退下来以后，因熟悉村里情况，加上能说会道，被村里聘为“导游”。

头戴扩音器，腰别小喇叭，这是姜银祥如今最常见的打扮。他是村里的“明星导游”，导游词也与众不同：“当年，习总书记来视察时，他站在这里，我站在这个地方向他汇报工作……”

因为在下姜村当了多年的书记，姜银祥讲起下姜的发展变化总是喜欢用第一人称。

一

2017年的金秋时分，姜银祥给我描述了习近平总书记来下姜的情形。

恰逢一场秋雨不期而至。似乎约好了一般，一夜间，家家门前的桂花争相绽放，浓浓的香味在村舍里巷肆意荡漾。雨后的群山，青翠欲滴。掩映在绿树丛中的一栋栋或三层或四层的乳白色楼房也显得更加洁净端庄。

枫林港涨了水，一湾清流欢快地流淌。溪两岸的石板路，一尘不染。每家房前的花圃里都盛开着五颜六色的花。

“街道是坑坑洼洼的泥巴路，家家住着土坯房，院坝里养着猪，污水到处流……说起来脸红哦！我们当时就在这种环境下迎来了习书记。”说起往事，姜银祥至今仍觉得不好意思。

2002年，习近平就任浙江省委书记后，继续把下姜作为自己的帮扶点。

2003年4月24日上午，习近平辗转来到下姜村——从淳安县城颠簸了60多千米的“搓板路”，又坐了半小时轮渡，再绕100多个盘山弯道才到了村里。

顾不上休息，他立刻开始走访调研。

调研结束，习近平召集村干部到简陋的村委会办公室开会。姜银祥拿出事先准备好的材料准备汇报。习近平和颜悦色地说：“不要用材料。心里有什么就说什么，想到哪里就讲到哪里。我们是下来听真话的，放开了讲。”

姜银祥一下子放松了，倒了半天苦水。末了，还提了个要求：“习书记，有件小事不知该不该说？想请省里帮我们建沼气。否则，山就要被砍光了……”

“这个提议好！对老百姓来说，他们身边每一件生活小事，都是实实在在的大事。正像人的身体一样，小的‘细胞’健康，大的‘肌体’才会充满生机与活力。”习近平请随行的同志记下来，并叮嘱，“资金由省财政解决。”

几天之后，省农村能源办公室便派专家入村进行指导。资金也很快得到了落实。

村民姜祖海在全村第一个用上了沼气。

沼气建成后，习近平再一次来到下姜村。这是个春雨天，习近平穿着雨鞋，兴致勃勃地听姜祖海谈沼气使用情况。他说：“20多年前我在陕北农村当支部书记时，建起了陕西第一个沼气村。”他幽默地补充：“要论建沼气，我也算得上是半个专家。沼气建好了，还要维护好，使用好。”他又布置了农户厨房改造、太阳能利用等配套工作。

10多年后，我走进姜祖海的家里时，姜祖海正在炖肉，用的是沼气。灶底，蓝色的火苗“呼呼”作响。“这火劲足得很！”姜祖海一脸的满足。屋里弥漫着肉香。

“现在，厕所、猪圈、鸡舍里的脏水都流进了密封的沼气池子里。不但干净了，村里的生态也好了起来。”姜祖海家的院坝地势较高，他指着绿油油的群山说，“你瞧，山上的林子茂密得无法下脚，野猪一群一群的。为了生态平衡，镇上每年冬天都得组织狩猎队打掉一些。”

69岁的姜胡家老人来姜祖海家串门，笑眯眯地将起了我的军：“现在我们农村人可比你们城里人滋润：住得宽敞；蔬菜自己种，新鲜；村里树多，空气好，水也干净。女儿要接我去城里住，我才不稀罕呢！”

目前，下姜村的森林覆盖率达到了97%。

二

我随着村原党总支书记杨红马登上了村里的观景平台。“瞧，那片是150亩的水蜜桃园；那片是500亩的中药材黄栀子；那片是220亩的葡萄园；脚底下那片带塑料棚的是60亩的草莓园……这些产业能发展起来，倾注了近平书记的心血。”杨红马如数家珍般向我介绍。

下姜村，周围群山高耸，人均耕地不足一亩。发展空间狭小是造成贫困的原因之一。

2003年4月24日上午，习近平在种茶大户姜德明家召开座谈会，详细询问农产品生产和销售情况。他扳着指头一笔笔和大家算着投入和产出的账："大家还有哪些发展方面的困难？全讲出来。咱们一起商量对策。"

有的村民说："缺人才！"有的说："缺资金！"还有的说："缺技术！"

习近平说，从大家讲的情况看，蚕桑、茶叶、早稻的产量都不算低。那么，为什么辛苦一年，收获不理想呢？因为种的全是大路货。没有做到优质高效和错位发展。质量不优，就没有市场竞争力。而没有错位发展，就不可能做到人无我有。

"你们村有没有科技特派员？"习近平问。

姜银祥摇摇头。

"省里研究一下，给你们村派一个科技特派员来。"习近平当即就说。他还表示，目前的"三农"工作受到农业生产经营方式落后和农产品流通方式落后的制约。我们要用现代发展理念指导农业，抓住当前科技进步的机遇，建立现代生产要素流向农业的机制，着力转变农业增长方式。

在习近平的关怀下，浙江省中药研究所高级工程师俞旭平进驻下姜村。有村民起初信不过："之前扶贫，是发钱发粮发农具。现在'发'来个专家！他能让地里长出'金疙瘩'？"

俞旭平在村里待了一个月。他认为："村里的低坑坞最适合种中药材黄栀子。"

于是，以前只能长杂草、灌木的低坑坞种上了500亩黄栀子。

两年后，当村民们数着厚厚的钞票时，发自内心地说："服了！"

"全省那么多大事要操心，没想到我到下姜村驻村指导这件小事，习书记也始终惦记着呢。"依然在村里忙碌的俞旭平，向我感慨道。

那是2005年3月22日，习近平又一次来到下姜村。他提出，要看黄栀子基地。

习近平来到地里，一边看黄栀子的长势，一边问俞旭平："这个药材的品质如何？""村民们学起来难不难？""销售情况好不好？"……

知道每户农民通过药材种植，能收入4000多元后，习近平拍了拍俞旭平的肩膀："做得好！你有功啊！"

习近平对省里随行的同志说："授之以鱼不如授之以渔。要不断完善特派员、指导员制度，真正做到重心下移。今后，驻村指导员，全省要做到每个村一个。"

不久，驻村指导员走进了浙江的3万多个村庄。

在驻村指导员帮助下，下姜村将"渔业"这台大戏唱得风风火火。

走进村北头的百亩葡萄园，门口4米多高的巨型木牌上，醒目地写着“浙江省农业科学院葡萄示范基地”“技术依托葡萄首席专家：吴江研究员”。

进入园区，园主吕承利给我展示了吴江带来的高科技：手机一按，葡萄大棚自动卷膜。吕承利说：“人工来做，至少要3小时。”手机点开“环境”选项，大棚的温度、湿度等数据一目了然。“温度、湿度不适宜的时候，手机上可以直接操控调节。吴江研究员还指导我们进行了多品种种植，现在葡萄采摘能从7月一直持续到11月，大大拉长了采摘游的时间。”

如今，下姜村不仅形成了较为完整的产业链，还形成了较为系统的结对帮扶制度。

在村里的石拱桥旁，有位年轻人正在给一群戴着小红帽的游客介绍枫林港的传说。他叫解林昊，是淳安县千岛湖风景旅游委员会下派到下姜村开展一对一帮扶的驻村第一副书记。农家乐老板沈绍楠告诉我：“解书记熟悉旅游营销，每个月都给村里带来许多游客。”

我了解到，解林昊2018年带给下姜村的游客已有上万人。

葡萄园里，最后一茬葡萄即将下架，姜露花的表情也随之轻松了许多。作为县农业局水果站帮扶下姜村的一员，姜露花的主要职责是帮助果农与市场对接。“有了姜指导，村里的葡萄年年销售一空。”在葡萄园工作的村民陈干娜说。

三

“对人真和蔼！就像我们的大哥一样”，这是村民们对习近平的印象。

“习书记第一次到我家里，我真的紧张得不行。哪里见过这么大的领导哟?！他坐在凳子上，我给他倒水，不小心手抖了一下，水就泼到了他身上。热水哦，我不知道咋办才好……谁知习书记呵呵一笑：‘不要紧，不要紧，我的衣服穿得比较厚。’”姜德明说。

“热水烫了书记。我怎么会这么笨呢！一直到座谈会结束，我还觉得不好意思。估计习书记看出了我的心思，离开我家时，主动过来叫我和他拍照留念。”听了姜德明的“囧事”，大家都乐不可支。

“习书记是真真切切用心对待我们老百姓、尊重我们老百姓的。”老支书姜银祥和习近平的交流最多，他也谈了一个与习近平近距离接触的事。

2004年10月4日，习近平陪同中央领导同志到淳安县考察。

尽管已是晚上9点，他仍放弃休息，抽空召开下姜村下一步工作“问诊会”。

人都到齐后，他首先表示歉意：“不好意思，这么晚了还把大家找来谈工作。”

因为县里和镇里的主要领导都参加了，姜银祥和几个村干部习惯性地坐在后面。习近平见状，亲切地招呼说：“坐过来，坐过来。你们几个才是今天会议的主角，应该坐到中间来。大伙靠得近一些，说话方便。”

姜银祥说：“我当时只觉心头一热，说不出的感动。”

2006年5月25日，迎着蒙蒙细雨，习近平又一次来到下姜村。

在村里的养蚕室，他详细了解了村民养蚕的情况。这时，有记者为了抢拍镜头，一脚踏进了蚕室的桑叶空隙里。习近平见状连忙说：“小伙子，当心把人家的蚕踩坏了。农民养点蚕不容易！”

在村党员活动室，习近平与大家谈了基层党建工作。他首先给大家讲了一个故事：在一个偏僻的小村庄里，因为支部书记生病了，一天之内村民自发筹集了数万元手术费为他治病，村民们说就是讨饭也要救他。他就是永嘉县的一位党支部书记。当地就有一些干部不由得发出了“假如我病倒了，会有多少村民来救我”这样的感慨。

习近平环顾着大家继续说：可以说，这位书记以自己的实际行动，深刻揭示了“老百姓在干部心中的分量有多重，干部在老百姓心中的分量就有多重”的丰富内涵。一个地方要发展，没有一个战斗堡垒是不行的，干部不为民办事是不行的。因此，广大农村党员要做生产发展的带头人，要做新风尚的示范人，要做和谐的引领人，要做群众的贴心人。

习近平的谆谆教诲，为下姜村的党员干部指明了努力的方向。

“如何在实际工作中做‘四种人’，我们一直在努力探索。”杨红马说，“譬如，村容村貌改变后，大家认为下一步发展农家乐是一条不错的路子。可办农家乐，大家都没经验，谁第一个‘吃螃蟹’？老党员姜祖海站了起来：‘习近平同志要党员干部做发展生产的带头人。我先办一个看看，给大家探探路。’他筹了6万元钱搞装修，买家具，扩厨房。建好了，可大半个月没有一单生意，天天亏着钱。村里的党员干部便一起帮他扩大客源，介绍生意。他终于坚持了下来。现在，村里农家乐一户挨着一户。而且，家家游客爆满。村里的党员分片联系群众制度，也是实践‘四种人’的具体体现。”

“党员分片联系群众制度，让我们真正感受到了党员的先锋模范作用！”村民姜丽红这样评价。原来，她办农家乐要花100万元，想尽各种办法，最后还缺30万元。村会计姜国炳闻讯后，陪她一起去县里的银行协调。没多久，30万元信用贷款就办好了。现在，她的农家乐办得红红火火。

村民汪代斌身体不好，常有医疗费单据要送到镇上报销。驻村的大学生村官方琳知悉后，就主动揽了过去……

“全村200多户人家有41名党员，加上驻村干部，每人分包5户，正好一户也不遗漏。哪一户有问题，都可以找到分包的党员去解决。”杨红马介绍。

要成为“和谐的引领人”“群众的贴心人”，就必须时刻把群众的利益放在首位。下姜村的党员干部躬身践行。

村民江顺祥家门前围了很多人。原来是游客正在这里体验打麻糍。“旺季的时候，最多一天能打200斤麻糍，收入很可观。”江顺祥很开心，“点子是村支部出的。村里规定，这些来钱容易的项目，先尽着村里的困难户。”

走进下姜村村委会，我发现，下姜村维护群众利益的制度严之又严：结对扶贫资金由市、县两级农办委托第三方每年进行一次专题审计，立查立纠；所有用扶贫资金实施的项目，必须在村里公示公告；所有扶贫资金一律纳入县、乡两级专户管理，封闭运行，并严格实行县级报账制……

在下姜村文化礼堂大门口，一边挂着鲜艳的党徽，一边挂着条幅，上面是习近平在下姜村关于做“四种人”的论述。“我们一有空就会来这里走一走、想一想。”杨红马说，“习书记多次来村里帮扶，他的一言一行饱含着爱民情怀，他为我们树立了榜样。我们决不辜负他对我们的期望。”

四

左拐右拐，我随杨红马来到了66岁的聋哑人姜山后的家里。

姜山后正在院坝里晒稻谷。他的身后是一座朴素大方的三层小楼。

杨红马通过比画与姜山后交流。交流完毕，他告诉我：“姜山后是村里的低保户。刚才问了，说最近生活没啥困难。”

“每次习书记到下姜村走访，无论时间多紧，都要去看看村里的贫困户。2005年3月22日下午，习近平一连走访了4户贫困家庭，详细询问各家的生产、生活情况。回到村委会会议室，他叮嘱大家：我们的小康是惠及每个人的小康，我们的扶贫是一个都不能掉队的扶贫。共产党人闹革命的宗旨，就是让大家都过上好日子。因此，一定要加大对困难户的帮扶力度，要格外重视那些最贫困、最弱势的人，确保他们一样享受到改革、发展成果。

谈到下姜村对贫困户的帮扶，杨红马说："在下姜村，不仅做到了老有所养、贫有所助，还做到了人尽其能。有能力就业的，我们想尽办法扶持他们就业。村里的盲人王建发就是其中的例子。他眼睛看不见，但身体还不错，村支部就推荐他参加盲人按摩培训，如今一个月能拿到五六千元呢。村里一些以工代赈项目，也多安排困难户参与。"

尽管秋雨下个不停，下姜村的大街小巷里都是操着外地口音的游客。卖特产的铺子里、民俗表演的摊档前，人头攒动。杨红马兴奋地说："现在，我真想告诉习书记，村子里已经没有绝对的贫困户了。村民人均纯收入年年大提高。家家都是一砖到顶的楼房，一多半人家买了小汽车。"

这一切，凝聚着习近平的心血。下姜村口的廊桥边上，如今建了一座思源亭。姜银祥正拿着小喇叭给游客讲解——

"习书记虽然离开了浙江，但一直惦记、关心着下姜村。2007年3月25日，他刚到上海工作，就抽空给下姜村写了一封信：'下姜村是我的基层联系点。这几年，我心里一直惦记着下姜村的建设和发展，挂念着村民们的生产和生活。基本上我每年都回到村里去，通过与村民拉拉家常，听你们说说心里话，了解了不少农村情况，也结交了不少农民朋友。淳安县及枫树岭镇党委、政府和下姜村党支部、村委会，对我的工作一直非常支持，在此深表感谢。日前中央决定调我到上海任职，因时间紧，未能再次前往看一看并与村民朋友们话别，甚为遗憾和牵挂……’

“在上海，习书记也没有忘记下姜村的父老乡亲。他专门电告浙江省委办公厅，下姜村还有一些项目没有落实，能否组织相关部门对下姜村各项工作及建设项目进行调研，确保项目落地。这一年，我们下姜村成立了党总支。

“2011年春节前夕，乡亲们饱含深情地给习书记写了封信，诚邀老领导再来走走下姜村的山间小道，坐坐百姓农家的小板凳，听听父老乡亲们的心里话。

“很快，村党总支收到了一封来自北京的信——习近平同志给下姜村回信了！

“‘下姜村党总支、村两委：来信收到，读来十分亲切。我在浙江工作期间曾四次到下姜村调研，与村里结下了不解之缘。转眼间，我离开浙江已经四年了。四年来，在村党总支、村委会带领下，在广大村民共同努力下，下姜村又有了新变化，经济持续发展，村容村貌进一步改善，群众生活越来越好。对此，我感到由衷高兴……请转达我对全村干部群众的问候，祝愿大家日子越过越红火。’

“瞧！如今，这封饱含着习近平同志浓浓爱民情怀的信件，就端端正正刻在思源亭这块石碑上呢！”

秋雨潇潇下着，笑意从正在讲解的姜银祥脸上流进了心里！

（本章全文刊发于《人民日报》2017年12月28日）

第六章

一张蓝图绘到底

下姜人不敢想，省委书记的联系点，下姜一当就是近20年。脱贫攻坚、共同致富，冲着这个目标，历任省委书记指引着下姜人沿着绿色发展的路子，奋勇向前。从贫困村到小康村，再到明星村、示范村，未来，下姜将带动周边村、镇一起富起来！

总结改革开放几十年来浙江“走在前列”的经验，人们把“一张蓝图绘到底”作为一个重要方面。

的确如此，下姜村的发展历程，就充分证明了这一点。

一

下姜村的沧桑巨变，是近20年来的事情。下姜村发生巨变，一个最大的推动因素，是它成了省委书记的联系点。

从2001年至今，五任省委书记张德江、习近平、赵洪祝、夏宝龙、车俊，都把下姜村作为倾听民声、扶贫帮困的联系点。他们一次一次到下姜村蹲点调研，了解“三农”情况，听取基层意见，帮助农民厘清发展思路并给予政策扶持。

五任省委书记先后将同一村作为自己的基层联系点，一抓就是十几年，这在全国是不多见的。

一个省里最大的“官”躬下身来，为一个村子谋发展，能够激发出多大的能量？这不难想象。

可贵的是，浙江在选取联系点的时候，不搞“花架子”，着眼的不是那些“光鲜亮丽”的好地方，而是那些发展相对落后的穷地方——那种难啃的“硬骨头”。

如此选点，就具备了一定的代表性。

这样的“硬骨头”一旦拿下，就能踏出一条路来，对其他地方的发展有示范引领作用。

完全可以这样说：下姜村不仅是浙江省委、省政府了解农村实情的窗口，联系农村群众的桥梁，也是推动“三农”工作的实验场。

2001年1月13日，一个极其普通的日子，但对下姜村村民来说，却是一个值得铭记的大日子——这天，省委书记张德江来了。

据时任村党支部书记姜银祥回忆：之前，就听镇上的人说，要在淳安县确定一个村作为省委书记“三个代表”重要思想学习教育活动的联系点。

当时选了三个村，其他两个村在千岛湖周围，靠近公路，条件相对好一些。在最后确定时，张德江亲自拍板：另两个村不能突出反映淳安欠发达县的面貌，联系点就定下姜村。

当天下午4点，张德江风尘仆仆地赶到了下姜村。

一下车，村里干部请他先到房间休息一下。他摆摆手："先到农户家看看。"

他先去了村民姜训生家，仔细询问了家庭收入情况，并帮着分析了下一步发展的方向。

之后，他走进在村里开了第一家商店的杨红马家，一边查看货架上的商品，一边听杨红马介绍村民们的购物情况。张德江表示，启动内需，首先就要大力发展农村经济；农民口袋里没钱，启动内需就是一句空话。

当时，下姜村还没有集中进行村容村貌整治，污水到处流淌，空气中弥漫着猪粪、鸡粪混合起来的臭烘烘的味道。

姜银祥多次劝张德江回去，张德江摇摇头，坚持要多走几户看看，说只有看得多了，才能摸清楚基层的真实情况。他严肃地对姜银祥说："嫌环境有问题，正说明我们的工作没有做到位。给我们下一步如何抓基层工作，指了一个方向。"

当晚，张德江和秘书自带铺盖住进了姜祖海家。

简单吃过晚饭，一行人就在姜祖海家开了个座谈会。

除了县里、乡里的干部，姜祖海、姜百富、姜德明、姜银祥等5名村民代表也参加了座谈。

2001年8月25日，张德江再一次来到下姜村。听说村里的机耕路正在建设，他便提出到现场去看一看。

当时正下着大雨，张德江自己打着伞来到了施工现场。他对村里的干部讲：这条路一定要修好，路修好了，前景才会广阔。

下姜村，作为省委书记的联系点，就这样被确定了下来。

就拿张德江拍板修那条机耕路来说，10万元，也不是个大数目，但给村民带来震撼的不是钱，是他们亲眼看到的共产党“大官”的一言一行。

我在采访中，就不止一次听姜祖海这样感慨：“下姜人自古以来没有见过这样大的官，省委书记来我们村简直就是‘天开眼了’。”

我们都知道“一张蓝图绘到底”的重要性，但拿什么去证明？张德江走后，乡亲们一度这样认为：以后再不会有这样大的官来村里了。一个省那么多村，怎么可能两任省委书记都来下姜村？

可是，习近平来了。

当看到习近平走进自家的院坝时，以前还带着满肚子疑问的姜祖海拉着习近平的手由衷地说：“张书记联系下姜村，你又继续联系下姜村？这个我们真是没有想到。说明共产党的政策是一向连贯的。”

“下姜村这个基层工作联系点，不能随便变。不但我要来，后面的书记也要来。”习书记的这个说法，很快被后来的事实验证了。

2007年至今，三任省委书记赵洪祝、夏宝龙、车俊，先后来到了下姜村。

二

2007年7月18日下午，省委书记赵洪祝第一次到下姜村。

“莫言下岭便无难，赚得行人空喜欢。正入万山圈子里，一山放出一山拦。”改革就是一个不断攻坚克难的过程，我们解决了一些问题，新的问题又会冒出来。

赵洪祝这次来，关心的是像下姜村这样资源禀赋较差的地方，如何加快发展的问题。

烈日炎炎，溽热异常，枫林港沿岸的那排叫不上名的阔叶树蔫蔫儿地耷拉着脑袋。蝉躲在树叶后声嘶力竭地鸣叫着。

赵洪祝走进田头，详细询问了中药材生产加工情况。他顾不上擦一把脸上的汗水，就一头扎进群众家里，了解村民沼气使用以及厨房、猪圈改造情况。

他对村、镇干部说：“改变农村面貌，要有一条致富的好路子，一套科学民主管理的好办法，一个艰苦奋斗有战斗力的好班子，一支能够发挥先锋模范作用的党员队伍，一种好的民风。”

他给村民们留下印象最深的一句话是：“如果你们的生活中还

有这样那样的问题，就说明我们的工作有亟待改进的地方。”他请村民们放心，承诺一定会像前任书记们那样，竭诚为下姜村群众排忧解难，使下姜村和全省其他村庄一样，稳步迈上经济快速发展的康庄大道。

2011年5月21日，赵洪祝再赴联系点下姜村。

缺乏龙头企业带动，是下姜村经济发展的痼疾。这次，赵洪祝重点调研了圆珠笔来料加工的各个环节，广泛听取各方意见，鼓励经纪人多接订单，让村民不离乡不离土就能增加收入。

在村文化中心，他嘱咐下姜村党员干部，要认真学习领会习近平同志的回信精神，大力发展休闲旅游、中草药种植等产业，建设好粮食功能区，把下姜村建设成为浙江省社会主义新农村建设的示范点。

2012年2月29日，赵洪祝第三次来到下姜村。

一下车，他就走进田间地头，悉心了解土地使用权流转情况。

他还专门调研了下姜村农家乐的发展情况。

村民姜海根的这段回忆，把这位省委书记的亲民情怀表现得淋漓尽致。

“他问我生意怎么样，我说不如在外面打工，但在家也能挣钱，就不想出去了。他点点头，鼓励我好好干，刚开始总会遇到困难，但坚持下去就好了。

“我告诉赵书记，游客来农家乐主要是吃东西，我老婆烧得一手好菜，很受欢迎，想邀请书记尝一尝。

“赵书记一听乐了：‘离吃饭还早着呢，一来就吃，成什么了？’大家都哈哈大笑起来。”

2012年10月16日，赵洪祝第四次来到下姜村。马上要赴京履新了，他舍不得下姜村的乡亲们。

枫林港南岸的稻田里，金灿灿的谷穗羞涩地低着头。村头有几棵山茶树已鼓起了花蕾，村道两旁那一棵棵桂花树上，还有些许花瓣挂在枝头，清风拂过，幽香阵阵。

走在村中整洁的小道上，赵洪祝愉快地与路过的村民们打着招呼。他或驻足听他们讲生活的乐事、致富的设想，或详细询问他们还有什么困难需要政府帮助解决。

在生态大棚里，赵洪祝要求农业技术人员加强对农民的辅导，保证这一富民项目一举成功。在廊桥上，浙江小百花越剧团的制片人江海正在采风。他准备编排一出反映浙江美丽乡村建设的戏剧。赵洪祝鼓励他用艺术好好记录浙江农村发生的巨变，亲切地说：“等你的剧演出了，要通知我看呀。”

驱车离开下姜村前，赵洪祝谆谆嘱咐村干部：要继续深入学习贯彻习近平同志对下姜的重要指示精神，思源思进，再接再厉，再鼓干劲，创先争优；要积极推进村务民主管理，主动接受群众监督，努力做群众的贴心人，不辜负群众的期盼。

三

2013年2月16日，正月初七。这是个风和日丽的好日子，下姜村还沉浸在欢乐祥和的新年气氛中。

年后上班第一天，省委书记夏宝龙就来到了下姜村。他说，心里一直记挂着下姜村，得先来给乡亲们拜个年。

街巷里，节日的气氛依然很浓：地上到处是喜庆的鞭炮屑；家家门口对联鲜红；商店、农家乐门楣上挂着红红的灯笼；最快乐的当属那些稚童了，在人群里跑来跑去，不时地撂出一个摔炮，炸出一串脆响。

当走到村民姜银祥家门前时，夏宝龙和蔼地问姜银祥："听说你在下姜村当了好多年书记？"

姜银祥骄傲地回答："整整28年。"

"了不起！今年高寿？"

"虚岁62。"

"是不是属龙的？"

“是啊！是属龙的。”

“咱俩同庚，我也是属龙的。”

给群众拜完年，夏宝龙又走进了初春的田野。

昨夜一场春雨，原野上荡着如纱似的薄雾；空气里漫着丝丝泥土的芬芳；枫林港两边，一丛丛迎春花早已绽开了笑脸；那纵横交错的田沟里，春水淙淙地流淌着。

在草莓园，夏宝龙一边察看草莓长势，一边听村干部汇报农民的收入情况。

村干部汇报完，他搓着满手的泥巴说：“一定要算清楚村民的投入和产出账。如果收入多仅仅是因为增加了大量的投入，产投比低，那是不合算的。我们就必须要调整。”

在下姜村新农村建设展示馆里，夏宝龙参观了便民服务平台，认真听取了“智慧党建”“三务”（党务、村务、财务）公开、便民服务等板块的内容介绍。在得知中国电信给村里每家每户都安装了这样的电视后，他竖起大拇指称赞：“党委、政府联系基层就是要做实事，给老百姓带来实惠。政务、便民服务信息要常公开、多公开。”

2015年2月25日，又是正月初七。春节长假后第一天，夏宝龙再次来到下姜村。

在下姜村文化礼堂，夏宝龙饶有兴致地坐到观众席，与村民们一起观看了“我们的价值观‘百善孝为先’”文艺进文化礼堂演出。演出结束后，夏宝龙向全体村民和游客拜年问好。

在和村干部、村民代表座谈时，他说，这场宣传孝道的演出很好。“乌鸦反哺”“羔羊跪乳”本是中华民族的传统孝道。可是，在物质财富比任何时候都要丰足的今天，我们的孝道文化氛围却越来越淡薄：很多子女认为，只要给了父母钱，就算尽了孝心，而忽略了父母精神层面的需求；还有不少人把“啃老”视为天经地义。他向在座的干部们提议：新年，大家每天陪老人一小时如何？

他说：咱们浙江有句土话，夫妻是缘，子女是债。此话的主要含义是，老人为孩子一辈子含辛茹苦。作为子女，每天陪老人一小时这么简单的要求，恐怕很多人都没能做到。很多老人甚至把周末与子女团聚当作莫大的福分。不管我们愿意不愿意，每个人都会走向老年。老有所养、子女绕膝、含饴弄孙、其乐融融的天伦乐图，应该是每个人的期盼。要达到这样的理想境界，该怎样去努力？除了政府有关部门进一步完善公共服务功能，多为老人提供养老保障，多给老人提供交流机会，多吸纳老人参与文娱活动外，每一个子女都有义务去营造孝道文化氛围。

四

从2001年时任省委书记张德江第一次走进下姜村，到2017年10月9日省委书记车俊第一次来下姜，16年时光很快就过去了。下姜村，已经发生了天翻地覆的变化——早已不再是那个贫穷落后的小山村了。

然而，党员干部一以贯之的为民情怀始终没有变。16年来，“心无百姓莫为官”，一直被历届党委、政府奉为施政的圭臬。

乡亲们忘不了省委书记车俊那次夜访农家的情景。

姜祖海是车俊的结对联系户。坐在姜祖海家的院坝里，车俊与乡亲们“把茶话桑麻”。

他希望村里的党员干部牢记习近平总书记的嘱托，更好发挥党员先锋模范作用，争当生产发展的带头人、新风尚的示范人、和谐的引领人、群众的贴心人。

他说，实现全面小康，一个也不能少。当前，农村出现的困难户绝大部分是因生病导致的。所以，新农村建设不仅要发展好经济，更要提升公共服务水平，让大家老有所养、病有所医。

村民们纷纷倾诉着对党的富民政策的感激之情，说下姜村10多年来发生的变化，是党和政府领导得好，村民们从心底里感谢党，希望省领导能够把村民们的感恩之心带到即将召开的党的十九大上去。

车俊表示，一定把大家的心里话带过去。

夜已经很深了，然而，大家的谈兴依然很浓很浓。

车俊说，下姜村的发展变化得益于习近平总书记当年的亲自指导，是党中央治国理政新理念新思想新战略在农村实践探索的结果。在发展过程中，基层党组织也起到了应有的作用，带领广大群众走出了一条绿色发展的新路子。

他给大家提出了这样一个课题：下姜村现在条件好了，下一步应该如何发展？

新任党总支书记姜浩强抢着回答："要认真考虑更高水平的发展。坚持自力更生、艰苦奋斗，以更高标准……"

车俊摆摆手打断了他的话："小姜，不用说这些空话套话，这应该是一个思考，不需要表态。我提一个想法，现在，下姜不是发展得好了吗？要跳出下姜发展下姜，统筹周边一带的产业发展和基础设施建设，辐射带动更多村、更多百姓发展致富。"

跳出下姜发展下姜！

第七章

美丽乡村共同体

“跳出下姜发展下姜”，这句话，让下姜人看到了更大的发展空间。下姜村成了340平方千米的“大下姜”，多了串成链的风景线，多了不重样的体验点，多了“打包”规划的新产业。“背靠下姜好乘凉”，成了周边乡镇干部的共识。

一拿到这份通知，时任枫树岭镇党委书记汤燕君就兴奋得合不拢嘴。

杭州市人民政府办公厅关于印发《下姜村及周边地区乡村振兴发展规划》的通知

各区、县（市）人民政府，市政府各部门、各直属单位：

《下姜村及周边地区乡村振兴发展规划》已经市政府同意，现印发给你们，请认真组织实施。

杭州市人民政府办公厅

2018年3月8日

再看看目录，她更是激动不已。

目录

（一）打响红色下姜文化品牌

（二）构建绿色致富产业体系

（三）贯通快旅慢游交通网络

（四）勾勒山水乡村风情画卷

（五）打造美丽生态宜居环境

（六）创造共同富裕美好生活

（七）建立治理有效乡村示范

…………

通知中说，下姜村的发展要从原来的脱贫致富阶段向辐射带动周边村、镇共同致富的阶段转变。在通知中，“大下姜”的范围包括淳安县枫树岭镇域28个行政村和大墅镇4个行政村，规划面积约340平方千米，涉及人口21872人。

这相当于在下姜村周边画一个圈，从一个村扩大到了32个村，面积从10平方千米扩大到了340平方千米！

一个美丽乡村共同体的蓝图，正在展开。

一

“经济持续发展，村容村貌进一步改善，群众生活越来越好”，这是习近平同志对下姜村的殷切期许。

实施乡村振兴战略，推进农业农村优先发展，是党的十九大对我国农村发展的重大战略部署，是新时代乡村发展的新要求新蓝图，也是高水平全面建成小康社会、均衡协调城乡发展的重要抓手。

经过十几年的发展，下姜村实现了生态农业、观光农业、高效农业，民宿产业也粗具规模，农民收入明显提高。这个成绩来之不易，但下姜村在这个较高水平上的发展，仿佛又进入了瓶颈期：能想的办法都想了，能做的也做得差不多了，接下来的路该怎么走？是就此“吃老本”，还是百尺竿头更进一步？

浙江省委书记车俊来下姜调研后，适时提出了“跳出下姜发展下姜”的思路。这一思路，有效拓展了下姜的发展空间，同时，也让下姜起到了示范引领作用。

的确，单从下姜的资源禀赋来看，就那么几百亩地，且基本上都改造成了有机果园，发展生产的空间已经很小很小。全村200多户人家，目前搞民宿的只有20多户，这方面的空间倒是不小。但如何提高民宿质量，如何让更多的农户增收，确实需要好好琢磨琢磨。

增加精品民宿数量，表面上看不是什么太难的事情，但这么多民宿都要挣钱，就需要增加相应客流量。如果没有一定的客流量，增加民宿数量又有何用?

那么，吸引客流靠什么?在这弹丸之地的下姜小山村，景点有限，游客来村里住上一天，基本上也就逛完了。要想吸引游客，让远方的客人留下来，必须想方设法向外拓展，把景点串成链，把景色连成片，让客人逛上几天不重样。

但这单凭下姜村的一己之力，根本无法完成。

下姜村的容量和空间有限，改变起来很难，在这种情况下，如果还是把劲儿都用在下姜村，效果也有限。而且，还可能拉大周边村落与下姜村的差距——别的村落还是那么穷，只有下姜"一枝独秀"。

这样的话，下姜的典型意义就会打折扣，搞不好真成了一个"盆景"。

那么，怎么办?

要想把景点串成链，把景色连成片，首先需要扩大旅游范围，增加旅游项目和景观。唯一可行的办法，就是开发周边村落，进一步丰富旅游资源。先富帮后富，大家拧成一股绳，共同致富。

汤燕君用一系列数字佐证了这一观点："单单一个下姜村承载力能有多少？你看，2018年在下姜入住的游客有4万多人次，将近5万。是因为没有那么多人来吗？不是，人多的时候住不下，溢出的住宿需求就有1万多人次，边上的几个村都受益，尤其是源塘村和薛家源村，因为它们已经建起了一些民宿，一次可以安排住几十个人，一个旅游团都可以进来了。如果没有周边补充，下姜接待不了这么多游客。"

她这样评价："一年游客40多万人次，大多是过境游。为啥？因为下姜毕竟地方有限，可以看的东西不多。不过话又说回来了，下姜也留不下那么多人，别说住，吃都供应不了。这咋办？这就需要周边一起为下姜提供发展的空间。"

二

汤燕君认为，现在许多地方把发展民宿作为新的经济增长点。但是，发展民宿普遍面临这样一个情况：客人多的时候，家家生意好，但客人少了，矛盾就来了，谁都想让客人住自己家，怎么办？抢生意！

她在外出考察时，曾遇到过这么一个例子：一个村子建了许多民宿，才刚有点规模，就打价格战：你一天收150元，我收140元。还嫌贵？那130元、120元都行。渐渐地，整个村的价格就全都下来了，等价格压到一天六七十元，基本已经没有钱好挣了，怎么办？一边降低服务，一边在吃上打主意，能坑一个是一个，能宰一桌是一桌。没多久，口碑就不行了，渐渐地，口口相传，就没有人来了，整个村的乡村旅游生意就彻底萧条了。

但凡有人想去那旅游，就有人提醒，小心，当心受骗。

建得早的民宿还好，勉勉强强维持着。后面翻新的房子，从开始营业就没挣到钱，反而赔进去了装修款，至今，还有不少烂尾楼……

下姜民宿的发展模式，一开始就比较健康：实行“五统一”：统一规划、统一管理、统一营销、统一分客、统一结算。

这么一来，住宿条件差不多，把一大拨客人分到等级相同的不同民宿里，客人的感受就没有太大差别，客人们就不会挑三拣四。同时，因为基本平分客流，各个民宿之间也不会出现因抢生意而打架的情况。

客流不用愁，每家只要服务好就可以了。这就形成了良性循环：服务越好，来的人越满意；来的人越满意，回头客就越多；客流大了，服务起来也就越有劲。一环环下来，像滚雪球一样，越滚越大，越滚越快。

汤燕君说："我们在做下一步规划的时候，就要求周边，至少在3～5千米这个范围里，新建的民宿都尽量纳入下姜统一管理。信息互通，这样就知道有多少空位，能实现无缝对接安排。源塘村一个村民跟我讲，有一天晚上10点多，下姜来电话，说一个旅行团有20个客人需要入住，看他这里还有没有空房。客人过来时，已经11点多了，平时这个点哪里还有人来？对下姜村来说，这次10点来的团你能接，下次我就会继续想着你，还会往这里送，这样客流就能源源不断了。"

汤燕君强调：周边地区一定要和下姜同步发展，只有这样，才能共享下姜发展的红利。

二

"将多村联成一个共同体，同步发展，不仅可以互相借力，而且可以增强整体的竞争力。"时任淳安县委副书记董文吉认为。

董文吉向我描绘了这样一幅蓝图：就拿核心区来说，在69.3平方千米的区域内，群山环抱，拥有五狼坞及千岛湖大峡谷，森林植被较为丰富，全域森林覆盖率为82.29%。其中，下姜村的森林覆盖率高达97%，下姜村因此入选第一批“省级森林人家”；水系资源发达，毗邻淳安第二大水库枫树岭水库的枫林港自东向西呈“Z”字形蜿蜒而过；周边还有磨心尖、原始次生林、曲源头、乳洞群、铜山水库、古树村、生态沟等生态景观。

这个扩大的美丽生态圈，山水资源丰富，是良好的综合自然旅游地。游客到了此地，一定会流连忘返。如果再把面积扩大到340平方千米，那真的就变成“全域旅游胜地”了。

淳安县新的规划提出，要加快建设旅游风情小镇，串珠成链，延长下姜乡村旅游产业链，建设淳安乃至浙西山区知名的“田园观光体验园”。

实际上，沿淳杨线一路向西，沿途村庄也早与下姜相映成趣：下姜村有桃园、葡萄园、草莓园；孙家畈村有50亩彩色荷塘，100亩彩色稻田；桃源凌家村的兰纳现代农业园，有红心火龙果、红心猕猴桃和冬枣……游客一路吃、一路赏，品尝到的、观赏到的绝对不会重样。

未来，还要建设省级现代农业园区，形成油茶、中药材等五大万亩农产品生产基地，培育特色农产品品牌，搭建线上线下农产品展销平台，帮助培训一批懂农业、爱农村、爱农民的“三农”队伍。

下姜村有老石磨，洞坞村有红土墙民居，汪村有抹茶庄园。这些各具特色、富有历史底蕴的项目，散发着浓浓的乡土气息，让人眼前一亮，心中一暖。来到下姜景区，不仅可以夜宿美丽山村，看星星看月亮，还可以绿道骑行、河塘垂钓、果园采摘、农事体验。

目前，下姜村周边的“美丽经济”已经起步。下姜-汪村百源经济产业带建设初显成效，沿线葡萄园、草莓园、茶园、海棠园、桃园等高效生态农业基地陆续建成，形成了以水果、茶叶等为主导的特色农产品体系。

未来，还将建设枫树岭集镇-铜山乡土文化带，实施对窄坑村、铜山村等现存唐代铜山铜矿遗址等旅游资源的保护和开发，融合乡村文化、农耕文化、民俗风情，打造乡村文化体验地，力争创建下姜村国家AAAA级景区。

此外，作为省委书记的联系点，下姜村红色底蕴深厚。前后五位省委书记多次到下姜村调研，他们的足迹遍布山山水水、家家户户。下姜村发生的巨大变化，对外界有着很强的吸引力，大家都想亲眼看看。下姜村已经被列入浙江省委党校现场教学示范基地、杭州市“红绿蓝”三色教学基地，这些都是下姜村独具魅力的“红色基因”。

下姜村的旅游产业，打出的旗号是“红色下姜，绿色乡村”，“红绿相融”是其最大的特点。未来，下姜还将融合乡风民俗，合力做好党课教育与红色旅游融合文章，讲好“红色下姜”故事，打响“红色下姜”品牌。

那么，周边村落是不是也可以规划这样的乡村旅游线路，与下姜村的旅游资源相衔接呢？答案是肯定的。白马区块红色文化资源丰富，有红军北上抗日先遣队司令部遗址、红军标语墙、红军北上抗日先遣队革命烈士纪念碑、烈士墓等，这些遗迹都保存完好。把这些资源串到一起，就能开发出一条更加丰富的红色旅游线路。

这条下姜–白马红色旅游带，以枫常公路为轴线，推动核心区新时代红色文化与白马区块红色历史文化相呼应，串联枫树岭水库以及枫常公路沿线村落，可被打造成为浙江省重要的红色旅游基地。

四

在采访中，我了解到，“大下姜”已经不只是一张蓝图，它正在如火如荼地实施中，正在一步一步变成现实。

为了号召下姜及周边地区在乡村振兴上“更进一步、更快一步”，全面打造“大下姜”区域联合体，2019年3月19日，淳安县下姜村及周边地区13个乡村振兴发展产业项目集体亮相。这些项目里有文化旅游、精品农业、文化创意等，均分布在“大下姜”乡村振兴发展区域内，将成为下姜今后乡村旅游很重要的一个部分。

“上泉风林居”便是其中之一。这个项目由淳安县枫树岭水电站改建而成，目前才刚刚完成一期，未来还将建第二期，总投资为1.2亿元。

项目负责人周晓宇向我介绍，他原本也想在下姜村投资，但没地方了，就来镇上看看，一眼就看中了水电站旁的旧房子。

“现在的餐饮中心原来是旧办公楼，射箭馆原来是工地宿舍楼，我们专门留了一片地方建户外露营草地……还设置了皮划艇、垂钓、电子竞技等近10种体验项目。”

“做生意最终还是要挣钱的，我为什么敢投这么多？因为边上是下姜村啊，它能带来大量的游客，但它又‘吃’不下，这就给我的发展带来了空间。即使客人不住我这里，但看完下姜村，可以来我这里划划船、钓钓鱼、射射箭。对我来说，下姜村能起到带动作用。有了人，产业就起来了。”周晓宇坦言，“有下姜村在，我不需要重新做市场，我只需要把我这边建设好，把人流从下姜村引过来就够了。”

我了解到：单这一个旅游综合体项目全部建成，就能为周边村解决300余人的就业问题，带动5000万元的农产品销售。

郭松梅女士比邻“上泉凤林居”的休闲茶园也是旅游度假的好去处。

郭松梅原本是大连人，自称是个抹茶控。20世纪90年代末，她随出国大潮到了日本，并嫁入了静冈县的柴本家。那是一个茶叶世家，到现在已经是第四代茶人了。正是在那里，她接触了茶和茶道。

2005年，她带着梦想回国，想寻找一片适合栽种有机茶的土地。结果选中了位于枫树岭镇汪村的一片荒山和库区，占地共694亩。

相比于其他茶园，她的茶树行与行之间种得相对稀疏一些。

采摘制作抹茶的茶叶时，她用机器“剃头”，因此她的茶园看起来更加整齐划一。

来过茶园的人都说漂亮，适合拍照。

郭松梅笑着说：“更想让大家留下来喝茶，吃茶点。”郭松梅主要做抹茶系列产品，从茶到糕点，每样都很精致。

别小看这些茶园，从建成到现在，郭松梅给周边村民发的工资总计1200万元。2016年，随着日益发展的下姜对周边的辐射影响逐步扩大，她看到了商机，终于下定决心，放弃了日本永久居住权。之后，她卖掉了在日本的最后一套住宅，带着小儿子住进了千岛湖的办公室。

五

那么，“大下姜”联成一个共同体、同步发展的目标实现了吗？

董文吉介绍，过去，尽管大家都知道白马村的红色文化资源非常丰富，但没有人来。为啥？太远啊，单独来看不值得——路上花的时间太多。

但现在不一样了，游客到了下姜村，再往白马去就近多了。所以，从早到晚，白马村的游客络绎不绝。游客都知道，到下姜村旅游，一定要去看白马村的红军遗址。

“背靠下姜好乘凉”，已经成为周边乡镇干部们的共识。

2019年4月20日，大墅镇党委书记牟剑开始了新一轮的忙碌。从这天起，他要带着涂鸦艺术家们进入原本废弃的厂房进行“装修”。他要把这个丝织厂旧厂房变成艺术馆，打造一个新的艺术平台，这里将划出一片地方打造文创基地。

这是他结合大墅镇“大下姜”现有资源和产业实际制定的方案。这片老厂房，是他未来重点“耕作”的地方。

根据《下姜村及周边地区乡村振兴发展规划》，大墅镇有4个村被列入下姜及周边地区乡村振兴发展规划的核心区。

“在对标下姜的基础上，要服务下姜、借力下姜。”在接受我的采访时，牟剑这样定位。

如何服务？下姜游客多，可看的点少，大墅镇就来做配套。如今，大墅镇大墅洞坞旅游接待中心项目已开工建设；洞坞村口25亩彩色稻田已经完成土地流转和种植；孙家畈村50亩彩色荷塘、200亩彩色稻田以及桃源凌家村100亩向日葵亦已种植成型。

大墅镇原本就是周边的核心镇。新淳杨线开通前，从千岛湖出发的人中午大多都会在这里中转，形成了一定的集聚效应，中心镇区有三四千人。“这是整个‘大下姜’地区独有的条件和优势，枫树岭镇都没这么热闹，别的热闹地方肯定还有，但我们大墅镇近啊，离下姜村只有5千米不到。”牟剑笑着说，“这5千米的距离在农村能明显感觉是两个村或镇，但这个距离放在城市里真的就不算什么了。可以说，大墅镇的资源就是下姜村的资源。要用大墅的人口优势，做好下姜地区的服务工作。”

“就拿餐饮来说，下姜的接待能力有限，那么，我们来做配套。”大墅镇有足够的人员和门面来打造餐饮一条街，吸引游客到大墅镇上吃饭。为此，牟剑专门跑了几次下姜，用各种软件做测试，发现下姜村还没有外卖服务。客人想吃个消夜怎么办？“大墅这边做好送过去呀。不仅带活了餐饮，连送餐的业务都带起来了。这生意，很划算。”

他已经跟不少餐饮店的老板对接过了，他们都觉得这个可以试试。

除了餐饮，大墅镇和下姜村还有更多的地方可以互补，譬如文创。这些年，出门旅游的人多了，人们的各种经历也多了。牟剑说，在景区买东西都买什么？要么是“土”得掉渣、原汁原味的农产品，要么就是特别有“小资”情怀的小玩意儿，后者尤其受年轻人喜欢。

“土”的，“大下姜”范围内很多，但不挣钱，因为附加值很低，利润很少。牟剑说，对产品来说，研发（技术）、生产、销售（包装）是一个“微笑曲线”，两端是有高附加值的，中间的生产环节挣不到多少钱。就拿水稻来说，普通大米跟熟知的“五常大米”价格就相差很多，人家品种好，这就是具有技术优势的好处。同样的，如果做成艺术品，就不是按“斤”计价了，价格差距只会更大。

如何把接地气的“土”玩意儿做得“洋气”一些？得靠创意，靠发展文创产业。

牟剑要利用“大下姜”品牌，建一个文创园。

他说：“‘背靠下姜好乘凉’，下姜对很多人，尤其是高校还是很有吸引力的，此外，下姜本身就是一个很好的创作元素。既然是‘大下姜’，我们就需要统一规划、统一布局，大家形成优势互补的态势，你中有我，我中有你，合而成势，共同发展。我这里的文创园要用到‘大下姜’范围内的所有资源，同时，文创园的设计也要以‘大下姜’为出发点，只有这样，才能做出适合‘大下姜’的产品。”

为了打“下姜牌”，牟剑很“不客气”地把园区命名为“大下姜（大墅）文创园区”。

“虽然下姜是村，大墅是镇，可谁让下姜名气大呢？我们就要用好这个名气，在最短的时间内做好布局，实现利益最大化。”

文创产品最终要通过售卖实现价值，买的人从哪里来？“下姜村的游客就是我天然的客流啊！”牟剑说，“现在来下姜不是可以看的地方少吗？我这里就作为下姜乡村旅游的一个补充，我把人留住，钱也就留住了。有了钱，就能实现良性循环了。”

“下姜村未来会开文创纪念品店，这会成为文创园实现产出的一条很好的途径。”牟剑对此很期待，“上次我见到下姜村党总支书记姜浩强，他跟我开玩笑，要我好好把关，不好的东西他一概不要。我请他放心，我想打造的是未来的‘网红打卡店’，谁来了都得来这里逛一逛。”牟剑透露了他的野心。

第八章

日子越过越舒坦

下姜村变了。马路拉直了进村的山道，微公交方便了群众出行。四时如画的乡村美景，引来了游客，也唤回了游子返乡创业。观风景、尝美食、干农活、看演出，绿水青山变成了金山银山，鼓了村民的腰包，更美了乡风，带来了新风尚。

下姜村，正在一步步完成“蜕变”。

这些“蜕变”表现在哪些方面？我多次的下姜之行，采撷了一个又一个片段。它们缀成了一幅幅新农村的美丽画卷，把下姜村“绿富美”的模样展示得淋漓尽致。

的确，下姜村，是新时代社会主义的“桃花源”。

一

最能体现下姜村变化的，当属交通。

说到交通，张德江联系下姜时，政府就拨款修了那条机耕路。习近平继任后，也把修路当作脱贫致富的重要一环。2003年淳杨公路开通，2007年下姜村至源塘村村级公路开通。离开浙江后，习近平仍关心村里交通面貌的改变。

这些年，下姜村在各级领导的关心、帮助下，不断设法提高公路的等级：2010年，下姜村与大墅镇接口的村级公路建成；2014年10月21日，新淳杨线正式开通。在建设这条新公路时，逢山开洞，遇水搭桥，原本弯弯曲曲的山路被“拉直”了许多，由93千米缩短至63.7千米，全面改善了沿线群众的出行条件。

新淳杨线的开通为村民们买卖农产品提供了更便捷的通道。如今，村里的草莓等农产品有了更好的销路。一辆辆旅游大巴把慕名而来的游客从淳安县城接到下姜村，只需花上45分钟。

谈起村里的变化，朴实的杨红马咧开嘴笑了：“2003年，习近平来下姜调研时就指出，发展经济要因地制宜，靠山吃山，靠水吃水，发展要与生态保护统一起来。现在，村、县间的公路通畅了，产业结构丰富了，绿水青山更美了，沿着这条路走下去，下姜一定会变成‘绿富美’！”

通往山外的道路如此，村子里面的道路更讲究：枫林港两边的大道，全是高等级的水泥路。通往各个景点的山路，是防滑防雨的木质栈道。而背街小巷，清一色由麻石铺就。每个街道的拐角处，都修有一个供人歇息的凉亭。凉亭里挂有木质的书报箱，箱中有各色书报供人阅读。

如果留心观察，还会发现，村子里还多了些“小玩意儿”——纯电动的微公交在这里设了点。开着电动车去高铁站，比坐公共交通还便宜。

的确，下姜村，正一天天朝着“绿富美”迈进。

二

随着社会主义新农村建设日渐深入，现在的下姜村，四时八节都像一幅美丽的画卷。

春天，山上的树木开始萌发新芽。10多年来，下姜人不停地播“绿”，不但街头巷尾到处种满了景观树，山上也几乎看不到裸露的地方。因为树种不同，绿色便也不同。浓淡不同的绿色，层层叠叠地在山岭、沟壑里蔓延着，仿佛大自然这个画师不经意间打翻了绿色的调色盘。

昔日一到汛期就洪水泛滥的枫林港，如今被水泥堤岸“束缚”了起来，不管什么季节，都娴静如一。清澈见底的水里，小蝌蚪拖着尾巴笨拙地在石缝间游来游去；鱼儿则机灵得多，稍有动静，便箭一般地射进浅绿色的水草丛中。

尽管家家户户早已推倒泥巴房建起了楼房，但燕子依然回来寻找旧巢，阳台似乎成了它们的新宠。住上了楼房，小家伙们的羽翼似乎分外轻盈，啼声也分外响亮。在燕子的呼唤声里，春阳升起，村里的老人们也纷纷走出楼房。不过，他们不再是蹲在墙根下晒太阳，而是在村文化礼堂里下象棋，打扑克，听越剧。

夏天的下姜，最有趣味：山坡上树木的绿，一天比一天浓，似乎要透过叶脉滴下来。天气比山外凉爽得多，每天清晨，白色的雾气在枫林港和四周的山坡上飘来荡去，让人以为入了仙境。

到了傍晚，火烧云从村子的入口处燃了起来，先是一片一片的，有的像反弹琵琶的伎乐天，有的像脚踏祥云的天马，有的像拄杖观景的仙人……每一刻，都姿态各异。到最后，整个天际如同着了火一样，随之，村里华灯初上——天上的星辰与街上的灯火交相辉映。

这时候，下姜村的夜生活才刚刚开始：年轻人在球场上打篮球；老年人三三两两倚在枫林港那座新建的廊桥下，一边乘凉一边闲谈往事。

他们讲的那些饿肚子的故事，在小孙子们听来，如同天方夜谭。

秋天的下姜，除了田野里金灿灿的稻浪，最诱人的就是弥漫在空气里的桂花香。也许是村庄夹在山谷里的缘故，这里的桂花花期很长，即使到了深秋，仍散发出幽幽的淡香。

桂花的香味还没有散尽，冬天便来了。下姜的冬天丝毫不单调。无论是街巷两旁还是房前屋后，到处都栽满了山茶、蜡梅，一进腊月，粉色、红色、黄色的花朵就艳艳灼灼地开了起来，空气中弥漫的尽是香气与喜气。

的确，整个下姜村，俨然成了一座怡人的公园。村东入口处，一块天然巨石矗立着，石上“下姜村”三个红色颜体大字，苍劲有力。紧傍巨石的岩壁上，一幅幅栩栩如生的石雕，反映的是下姜村先民从事农桑的劳作场景。

枫林港沿岸铺设了河边栈道，建起了供游人休憩的凉亭。凉亭内设有护栏和“美人靠”，如在此处邻水而坐，披襟当风，顿有不知今夕是何夕之慨。

再往里走，是思源亭。它是一座四角凉亭，三面通透，一面靠山。亭子的两侧挂着楹联，上面写着“田园锦绣应思德，业绩辉煌常忆源”。亭前翠竹掩映，姗姗可爱。

沿村道拾级而上，可以登上观景平台。站在平台上眺望，远山近岭尽收眼底，涛声约若，清风可饮，让人产生超尘脱俗之感。

生活在这样的环境中，会有什么感想？用姜祖海的话说：“没有改革开放，哪有今天的好日子?！现在，日子越过越舒坦。”

三

下姜人可能没有想到，绿水青山真的能变成金山银山。

一大早，民宿老板余红梅就起床了，她要为昨晚住在这里的客人们准备早饭。她要做米羹、米粿。这批客人来自黑龙江，也不知从哪里了解了下姜村的美食，早饭是头一天特意点好的。

米羹，当地人又称为糊汤，是流传于淳安、龙游等浙江西部地区的一种传统美食。喜庆团圆时，煮上一大锅米羹，已经成为当地人表达喜悦的一种习俗。

关于米羹，有一个传说。

据说很久以前，干旱成灾，百姓无米下锅，苦不堪言。后来有一位秀才想出了一个办法，将每家每户米缸底剩下的碎米收集起来，用石磨磨成米浆，加上百姓家里剩下的一点干菜，一锅煮熟，做了个“大杂烩”。“大杂烩”帮助百姓渡过了灾荒，因此就成了吉祥的象征。

不过，米羹做起来并不容易。首先，在淘干净的大米中放入干辣椒、桂皮、生姜、大蒜等十余种佐料，加水浸泡，浸泡的时间越长越入味。之后，把浸泡过的大米用石磨磨成米浆。待米浆煮沸，加入白豆腐、长豇豆干、蕨菜干、肉丁等，快出锅时再加盐、味精等调料。

如此精心烹制，能不好吃?！米羹吃起来，鲜香又带点辣，十分开胃。

对于米羹的味道，当地有首民谣这样形容：“开锅但闻米羹香，馋涎欲滴口水淌。连吃三餐还想吃，越吃越香挂心肠。”

很多生活在外的淳安人，常常会想念这道独特的家乡美味。而游客到了下姜，无论时间多紧张，也都会设法吃一碗米羹再走。

众所周知，下姜村的米羹，属余红梅家做得最地道。

除了做米羹，余红梅另一个拿手活是做米粿。做米粿，得先把冬笋煮熟，放凉，切丁，然后加入豆丁、肉丁、酸菜混炒，之后用糯米皮把这些馅像包饺子一样包起来，放锅上蒸熟。常常是人离余红梅的民宿还大老远，香味就直往鼻子里钻。

余红梅的民宿开得风生水起，有些游客本来只打算在下姜留宿一晚，结果住了两三晚还舍不得离去。

“嘿呦——嘿呦——”随着一阵阵敲击声，街巷深处人声鼎沸，欢声笑语不绝于耳。这是游客围在江顺祥家门口观看打麻糍。

江顺祥曾在千岛湖镇开小餐馆。见过世面的他，知道游客喜欢体验原汁原味的民俗，便和老伴回村做起了麻糍生意。

麻糍是南方常见的食物，俗话说：“清明做麻糍，过年打年糕。”下姜村打麻糍很有讲究。糯米谷子收割回来后，要先剔净杂质、瘪壳，加工成精糯米，再用清水洗净、浸水。待糯米吸饱了水，捞出来放到木桶里开蒸。等蒸得差不多了，就捞出来迅速倒进石臼中，打麻糍便开始了。

这活一般需要两个人配合，一人手拿木杵捶打，另一人负责翻转米团。等米团变黏糊了，要粘木杵时，另一个人就要赶紧给米团“喂”凉水。

打麻糍，让人活动了筋骨，也唤起了人们儿时的回忆，那浓浓的乡愁在敲打声中尽情释放。

江顺祥的麻糍店，除了卖麻糍外，更多的是让游客亲手体验。生意好的时候，他一天能卖掉一两千个麻糍！不仅如此，他还在网上开了店铺，把麻糍生意“搬”上了网。

他的日子，显然过得比以往任何时候都更惬意，用他自己的话说：“这一捶一捶打出的，都是生活的蜜。”

四

在下姜村众多开民宿的老板中，这个嘴角总是挂着笑的小女生或许是最特殊的一位。她叫姜丽娟，1989年出生。

她有着不同寻常的活力，打扮得非常新潮：涂着鲜亮的口红，留着时下最流行的“BOB头”，头发还染成了棕黄色。每次见面，几乎就没见她穿过相同的衣服，可以说是个“百变女生”。别看她身材瘦瘦小小的，却是个女汉子，很有自己的主意。

姜丽娟很健谈。她说自己的性格是正红色，热情且情绪化。她知道自己的“毛病”，在和游客打交道时，她总尽力提醒自己冷静、冷静……

她中学毕业后到了杭州读书，后又在杭州找了份工作，买了房子，生了个胖小子，一家人就这么平平淡淡、和和顺顺地过着小日子。

她说，离开家乡时曾发誓：总算离开下姜了，这一辈子再也不回来了。

当时村里的情形她记得清清楚楚：路是土路，因为年久失修，到处都是坑；村民们养的鸡鸭随地乱跑，一不小心，就能踩到一泡屎；房前屋后，都是村民泼的洗衣水、淘米水；有些人家的粪坑就在路边，行人路过时，臭味直往鼻子里钻……

后来，她听说许多人家开民宿发了财，便抱着试试看的念头回了趟老家。

这一看，她就不想回城市了：村里家家住上了小洋楼，安上了巨大的落地窗，还有观景阳台。村里的路宽了，马路一眼望不到头，路两边种满了花。几乎家家户户都买了汽车，停在自家的车库，比城里人还气派。村里不仅有篮球场、文化馆，还有数字多媒体中心。足不出村，村民就可以享受在电影院看电影的感觉了……

于是，她一跺脚，辞了职，也利用祖宅开起了民宿。

学设计出身的她，知道什么是错位发展。她没有走别人的老路，而是决心打造一家精品民宿。

姜丽娟亲自设计图纸，精心打磨民宿的每一个细节：房子四周围上了篱笆墙，院坝里铺上小碎石，用青石板铺设了一条幽幽的小径。于是，她的小宅便漾满了浓浓的农家味。

楼下的茶吧和书墙是她的最爱，她希望通过开民宿结识一些志同道合的朋友，在这里谈天说地。

她的这家名叫“栖舍”的民宿，一开业就赢得了“满堂彩”。

姜丽娟说:“取名‘栖舍’，有归家、安定的意思。希望自己以后能带着家人安稳地在这里生活，同时也让游客有归家的感觉。”

在大都市读书生活了多年的她，懂得如何利用网络推广宣传民宿，也喜欢找人聊天——跟不同的人聊天。大大咧咧的性格让她很有人缘。有一次，她跟客人聊到了半夜两三点，差点耽误客人第二天的行程……

姜丽娟说，开民宿要有情怀，不是单单开一个旅店，而是需要把自己代入进去，想想客人想要什么。所以，在她那里住过的客人，不少能获得她的定制服务，采茶，挖红薯，打麻糍，磨豆浆，包粽子……每个时节都有一些独特的体验项目，这也是她朋友“满天下”的原因。

“以前村里发展没有奔头，像我这样的年轻人都‘逃离’农村，‘逃离’家乡。如今，村庄发展好了，我也回来了。要想村庄发展得更好，就需要更多人回来。”姜丽娟最大的希望是有越来越多人像她一样，无论走到哪里，都可以昂首挺胸地大声说:“我是下姜人，我为下姜代言。”

“下姜村致富带头人”“民宿协会秘书长”……姜丽娟身上的标签很多，可她最喜欢的是“下姜人”。她说，正是因为有了下姜，才有了如今的她。

北京时间2018年9月27日9时许，“地球卫士奖”颁奖典礼在美国纽约举行。浙江省“千村示范、万村整治”工程被联合国授予“地球卫士奖”中的“激励与行动奖”，姜丽娟就在现场。她和其他4位农民代表见证了这一时刻。

“这份幸运源自时代，源自为下姜发展付出过的人们。我只是站在前人的肩膀上，走的是前人铺好的路。”她说，她也愿意成为这样的铺路者，“只要家乡能更美，发展能更快。”她为自己写下了这样的青春宣言：

> 青春是用来奋斗的，也是用来回忆的。青春之于我，就是深耕农村创业的土壤，通过我的声音，讲好农村创业的故事，吸引青年返乡，带动农民致富，助推乡村振兴。我将一如既往，撸起袖子加油干！

五

姜红荣的经历和姜丽娟如出一辙。

刚过不惑之年的他，有小啤酒肚，但不臃肿，做起事来干净利落。

姜红荣以前在杭州做服装生意，天天与人打交道，脑子很活。杭州的大型实景演出《印象西湖》，让他印象深刻。天天在商海里打拼的他有着捕捉商机的天然嗅觉。《印象西湖》旺季时，一票难求。这让他的脑海中冒出了一个“小火花”：下姜景色优美，每年也有这么多游客，为啥不能搞一个？

一想到这个，他便坐不住了，起身就去见了演出团队，谈了一些想法。很快，初步方案就出来了。另外，他还与村里谈妥，表演不收费，他在边上卖一些零食、饮料等作为演出经费。

舞台就定在枫林港上，河道两岸再修起咖啡栈道、舞狮台阶等一系列水上游乐的配套设施，除了观看演出，还可以搞夜游。

经过一年多的筹备，2017年6月，水上实景演出《遇见下姜》首次试演，瞬间吸引了众多外地游客。

演出主要分四幕：《民俗下姜》《记忆下姜》《风情下姜》《遇见下姜》，原汁原味地演绎下姜风土民情。受邀参演的70多名演员除了艺校学生和专业演员外，有20多人是土生土长的村民，占比近1/3。

杨师傅已60多岁，他的生活，除了种豆插秧，就是扶犁拽耙。在戏中，他主要表演背着犁牵着牛，从小溪这边走到那边。这不就是自己的日常生活吗？这有啥好看的？杨师傅想不明白。

然而，城里人就是爱看。每次他牵着牛出来，就看到闪光灯闪个不停。他也为此激动起来——原来劳动真的光荣咧！

汪代余也是一位60岁出头的老汉，半辈子在枫林港撑排打鱼，水性极好。舞台上，他的主要任务是划竹排，从河岸这边划到那边，一场50分钟的演出，他要来来回回划六趟。但这比打鱼轻松多了，一场下来还能得到上百元报酬。

六

下姜人富起来了，一系列数字可以佐证：2018年，全年实现农业经济总收入6873万元，人均可支配收入达到了33137元，基本是2003年村民人均收入的10倍；全年共接待游客46.19万人次，民宿总量扩充到了30家，床位数增长到了498个。

下姜村的变化，绝不仅仅体现在这些看得见的数字上。

开民宿的余红梅，几乎整天离不开围裙和袖套，打扫卫生和下厨房干活，她都要穿上不同的围裙，用她自己的话说，是不想“弄脏”了。

这个“弄脏”有几层含义，一是怕把衣服弄脏，二是进厨房时不能有脏东西带进去。刚开始办民宿时，她不怎么注意这个问题，直到有客人提了意见，说看她打扫房间和做饭穿的围裙一样，暗示她能不能换一件干净的。从那时起，她就特别注意这个问题——围裙一下子就准备了好几套。

个人卫生如此，公共卫生大家也更讲究起来。下姜村妇女主任余秋华说，以前门前屋后，到处都是杂物——散乱的柴禾、七零八落的农具；枫林港里，漂着人们随便丢弃的死鸡、死鸭、死猪仔。虽然上级也经常倡议搞好乡村卫生，可是大家总是紧一阵松一阵，有的垃圾几十年都没人清理。

“现在游客来了，看到这些不卫生现象，人家直皱眉头。我们就意识到，环境卫生搞不好，人家就不愿来，大家的生意就没得做了。于是，不等上级强调，大家迅速行动起来，猪棚拆掉了，牛棚拆掉了，露天茅房拆掉了……谁再往枫林港里丢东西，马上就会有村民制止。城里都很难实现的垃圾分类，在我们这里家家户户都自觉做起来了：村民们把瓜皮、菜叶、树枝等垃圾变成了有机肥料，酒瓶、铁皮、废纸箱等出售给废品收购站。”余秋华讲得很实在。

这些好习惯，不断滋养着下姜人的道德风尚。

村民姜金娜讲了一个故事。

她几年前就在村里做水果买卖，由于游客数量不稳定，生意很冷清，天天守在那里不合算。她准备撤摊了。

这时，村干部给她出了一个主意：像城里一样摆一个无人售货摊，把水果称好装袋，放在那里明码标价，边上放个收费的二维码，自己该干什么干什么。

起初，姜金娜很担心，怕有人拿了东西不付钱。虽然摆了无人售货摊，但还是悄悄地躲在一边，看看到底啥情况。观察了几天，她发现竟然没少一分钱。

现在，连心桥旁的无人售货摊就要摆不下了，因为大家都觉得好，纷纷照样子把自己做的东西拿出来卖……

道德风尚会浸润、会传播，越浸润越传播，社会就越文明。下姜村党总支书记姜浩强说："现在村里有'三少'——打架吵架的少人了，打牌打麻将的人少了，信神拜佛的人少了……而锻炼身体的、跳广场舞的，多起来了。"

无论春夏秋冬，每天晚上8点，廊桥前的小广场就成了欢乐的海洋。

广场舞入门门槛低，学起来很快。刚开始，只是几个从城里打工回来的人练，渐渐地，人多了起来。村里了解情况后，因势利导，由村委会出资购买了专用的音响设备供大家使用。

"苍茫的天涯是我的爱，绵绵的青山脚下花正开。什么样的节奏是最呀最摇摆，什么样的歌声才是最开怀……"瞧，天还没黑，小广场上就热闹起来了。不知谁放起了《最炫民族风》，那动感的节奏，让人不知不觉扭起了腰肢。

大妈们昂起下巴，掐着腰，踮着脚尖，一摇一摇，有模有样。大叔们先是站在一旁看着乐呵，看着看着，也站不住了，悄悄溜进队伍里，笨拙地摇着胳膊，扭着屁股。

旁边的大妈看见了，也不笑话，看到动作不标准，还会主动走过去，帮大叔“拗造型”。

哈哈哈，这就是现在的下姜！

第九章

奔小康，一个都不能少

怎样让村里的贫困户富起来，村干部没少动脑筋。好政策，帮着他们用足；找工作，替他们出主意；办贷款，为他们多跑腿……不仅盯着眼前，还得往长远看。村里正盘算着合开公司，让每家每户都入股分红。没人掉队，才是实打实的小康。

“中国美丽休闲乡村”“全国生态宜居十佳村”……这些年，下姜村获得的荣誉，恐怕至少有两位数。

不过，在下姜村调研时，淳安县县长董毓民和我谈到的，更多是工作中的不足。

一

“对王丰荀、郑桃香、姜祖井……这几户困难群众的帮扶，我们还要多采取措施。我们的工作，距离习总书记的要求，还有差距。”

据董毓民介绍，当年，习总书记每次来下姜村，都要问到村里贫困户的脱贫情况。他叮嘱村干部，在大家都富起来的时候，千万不能忘记那些特别困难的家庭，一定要加大帮扶力度，让他们与大家同步迈向小康。

董毓民说，这些年，对下姜村几户困难群众的生计，各级干部始终放在心上。如何做到“奔小康，一个都不能少”，他们一直在探索。

姜祖井，是其中的一户。

中年丧偶的他，20多年前又不幸失独。此后，他就一直孤身生活。年岁大了之后，他的劳动能力逐渐丧失，他成了扶贫攻坚中的“特困户”。

一个春日的午后，我随董毓民来到了姜祖井家。

村党总支书记姜浩强向我们介绍：村里除了让姜祖井享受各种特困家庭政策补贴外，还募集社会资金——尤其是“春风行动”的资金，进一步改善老人的生活。前些年，他的承包田由村里的党员干部代种。当村里开始土地流转时，村委会出面率先为他办理了有关流转手续，这为他增加了一笔稳定的收入。这一系列措施，让老人没了后顾之忧。

“老人的日常生活谁来打理?”看老人的衣着和床上的被褥都还干净，董毓民问姜浩强。

“衣服、被褥的换洗工作，也全由村里的党员干部承担。”姜浩强说。

姜浩强又陪我们去看了另一户特困家庭。

户主叫郑桃香，家里没有男劳动力，女儿在外上学，家庭负担非常重。

姜浩强说，对于这一类困难家庭，除了让他们享受低保外，也要设法为他们提供劳动岗位。文化礼堂建成后，村里安排郑桃香做保洁员，使她每月有了稳定收入。现在，她读师范学校的女儿杨美娟临近毕业，村里已经出面为她联系了教育部门。等她毕业，就可以进入学校工作了。

“日子有了着落，活着就觉得有意思了。”郑桃香说得很实在。

姜浩强向董毓民汇报：“以前，村里最让人头疼的是王丰苟家。”

王丰苟的儿子王建发天生就是个盲人。村干部打听到国家有政策，专门给残疾人搞培训，根据其身体情况，教授不同的生活技能，其中就有盲人按摩；培训期间，除了伙食费自理外，培训和住宿都由国家出钱。

村干部兴冲冲赶到王丰苟家，没想到，却碰了钉子。

王丰苟拒绝得很干脆。他说，儿子20多岁了，从没有出过门。一个人去杭州，哪能行啊？他的头摇得像拨浪鼓：“不去！不去！不去！”

村“两委”班子成员，一个个上门做工作，结果一个个被“赶”了回来。

后来，老支书姜银祥上门，凭着老哥儿们的关系，把话往王丰苟的心坎上说：“你总不能照顾他一辈子吧？你年纪也不小了，万一哪天出了事儿，他一个瞎子怎么过？趁着现在有政策，能免费学手艺。改天没机会了，你后悔都来不及。”

王丰苟终于心动了。

现在，王建发在杭州做起了盲人按摩生意，听说已存了不少钱，正张罗着娶媳妇呢。

二

因病致贫、因病返贫，是扶贫攻坚中的难题。下姜也有这种情况。

2011年，村民汪代兵被查出了糖尿病。不久，又被查出肾脏出了问题，最终发展成尿毒症，一周要做4次透析。

汪代兵是家里的顶梁柱。顶梁柱一下子垮了，今后这个家庭如何是好？

村里第一时间帮他联系了医保部门，申请了大病救助。一年数十万元的支出，绝大部分由国家负担。

待身体稍有好转，不愿意吃闲饭的汪代兵想自食其力——办个农家乐。村里闻讯，非常支持，派出专人上门帮他规划，并由村集体出面担保，为他从银行贷来20万元启动资金。他的农家乐营业后，村旅游公司还优先向他推荐客人。

由此，汪代兵家的日子一天天好了起来，一家人不但生活自足，还有能力经常帮助别人。

天有不测风云。如何让“汪代兵们”免除后顾之忧？

村干部们开始了新的探索。姜浩强向董毓民汇报了下一步打算：以全体村民的名义成立千岛湖下姜实业发展有限公司，由下姜村全体231户768名村民共同入股，村民以人口股、现金股和资源股三种方式成为股东。

他进一步说明了这样做的缘由：“人的力量有大有小，各家家底也不一样。拿开民宿来说，毕竟前期需要大量投入，不是每个家庭都能承担得起。没开民宿的、没有获益的大多数家庭肯定会有意见。长此以往，贫富差距也会拉大，社会矛盾难免激化。成立千岛湖下姜实业发展有限公司，除了人口股之外，每家每户按一定的贡献占有一定的股份，这样可以给每家每户分红，共享发展红利，老百姓能有更多的获得感。”

董毓民向姜浩强交代了注意事项：这样的公司，必须体现普惠性质。如果有的持股多，有的持股少，最终还是会造成事实上的不公平。

“奔小康，一个都不能少！”董毓民再次叮嘱。

第十章

下姜之变的思辨

下姜之变，来之不易。同样的山、同样的人、同样的求变之心，却在贫困的怪圈里打了几十年的转，直到近些年才摸出了行之有效的致富路。这条路讲效益、护环境，这条路重科技、专家领，这条路众人走、步子齐。

长期以来，下姜村都未摆脱贫困。然而，山还是那座山，人还是那群人，为什么近些年来，下姜村却“蜕变”成了“绿富美”？它靠什么实现了跨越式发展？

为廓清这些问题，我一次又一次来到下姜，倾听群众的呼声，触摸下姜的脉动，并与淳安县原县委书记朱党其，现县委书记黄海峰、县长董毓民、县人大常委会主任董文吉、县委宣传部部长汤燕君、枫树岭镇党委书记程军等，进行了广泛深入的探讨。

经过一次次梳理，归纳出了五个结论。

一

“靠山吃山”，但“吃”法变了。

几百年来，下姜人以务农为生。尽管纯朴的山民们勤俭持家，但由于资源禀赋太差，下姜村始终未能走出贫困的怪圈。

在很长一段时间里，下姜人甚至连基本的温饱问题都不能解决。

事实就摆在那里：下姜村人均耕地不到一亩，主要农耕区集中在枫林港的南岸，那条暴虐的河流动辄冲上堤岸，将良田冲毁。而那些山坡梯田和陡坡地，既怕旱又怕涝，抵御自然灾害能力差。所以，下姜村的粮食，多少年都不能自给。

人多、田少、产量低，带来的直接后果就是，稍微上点年纪的人，至今脑海里仍留有吃不饱肚子的阴影。

老话说“靠山吃山”。下姜村四周皆山，“吃山”顺理成章。然而，“吃山”得有个讲究，那种只顾眼前、不管长远的“吃山”模式，最终带来的只能是灾难。

20世纪60年代，为了解决吃饭问题，村民们大面积毁山种粮；80年代初，填饱了肚子的村民，纷纷扛着斧头上山砍树，向山“要钱”。村民们伐木烧炭，40多座木炭窑同时开烧，整个村庄烟雾缭绕。短短几年间，6000多亩林子不见了，群山成了“瘌痢头”。

“头几年干这事还能挣上个一两百元，但时间一久，山上的树被砍光了，山变秃了，水土流失就越来越严重。一到汛期，枫林港里淌的都是泥汤子，连百十斤重的石头也在河里滚来滚去。”村民们说。显然，“靠山吃山”这个简单的“吃法”，只能是越吃越穷。

这个“吃法”不行，还有没有别的“吃法”？

有！

当年习近平一到浙江，就开始了密集调研。118天里，他跑了11个市、25个县。群众的呼声，声声叩击着他的心弦。他有了这样的认识：仅仅生产发展、生活富裕，并不能给群众带来幸福感；只有尊重自然、保护自然，才能为子孙后代留下可持续发展的空间。

习近平在安吉余村考察时，高度肯定了余村关停数个严重污染环境的石灰矿和水泥厂的做法，认为这是“高明之举”。

2005年8月，他在《浙江日报》“之江新语”专栏撰文《绿水青山也是金山银山》，语重心长地指出：“我们追求人与自然的和谐，经济与社会的和谐，通俗地讲，就是既要绿水青山，又要金山银山……绿水青山可带来金山银山，但金山银山却买不到绿水青山。绿水青山与金山银山既会产生矛盾，又可辩证统一。在鱼和熊掌不可兼得的情况下，我们必须懂得机会成本，善于选择，学会扬弃，做到有所为、有所不为，坚定不移地落实科学发展观，建设人与自然和谐相处的资源节约型、环境友好型社会。在选择之中，找准方向，创造条件，让绿水青山源源不断地带来金山银山。”

这就是著名的“两山”理念。文章不长，但为全国所有贫困山区指明了一条脱贫致富的康庄大道。

下姜村的“靠山吃山”，从此有了新“吃法”：摒弃了“资源破坏型”老路，专心致志地走上了“效益型农业”的新路。

“有所为、有所不为”，带来了什么？短短几年，下姜村就基本形成了茶叶、蚕桑、毛竹、中药四大基地。老百姓得到了实惠。光养蚕一项，村民一年最多能有二三十万元收入。

2008年，下姜村实现农业经济总收入1573.42万元，农民人均总收入6147元。其中，中药材种植不仅成为下姜村致富的重要渠道，也带动了全镇中药材产业的发展，中药材也成了全镇的主导产业。

再后来，下姜村的“靠山吃山”，又“吃”出了更高的境界——发展生态旅游。不光种植经济作物能赚钱，山水风光同样可以赚钱。

从“吃干榨尽”到养山致富，下姜村的发展历程为“绿水青山就是金山银山”作出了生动诠释。

二

位置偏远，但是交通变了。

说到贫困，大家马上会把它和“穷乡僻壤”这个词连在一起。

不过，很少有人去想：为什么“穷乡”要跟“僻壤”连在一起？它们之间究竟是什么关系？

仔细琢磨就会发现，穷，跟地理位置有关——穷缘于偏远，缘于不通。

当大家都穷的时候，这个关系还不那么明显；而当很多地方发展起来之后，“僻壤”与“穷乡”之间的关系，顿时就明显起来了。人们猛然发现：剩下的那些穷地方，原来大都位于“僻壤”啊。

按照经济学的原理：一个地方要发展起来，离不开人流、物流、信息流、技术流等。也就是说，市场的要素必须齐备。

如果一个地方位置偏远、交通不便，那它与外界的经济连接性就会比较差，资源配置就会乏力，市场循环就会不畅，这样一来，发展自然比较缓慢。比如，在脱贫攻坚战中，很多贫困人口聚集的地方，都是自然环境恶劣的偏远乡村。有些地方由于“一方水土养不了一方人”，只能通过异地搬迁来实现脱贫。

浙江是我国经济较发达省份，地理位置不偏。但从浙江全省来看，经济发展并非完全均衡，偏僻的、欠发达的乡村也是存在的。譬如下姜村，就躲在山的褶皱里。2003年4月24日，习近平辗转来到下姜村——从淳安县城颠簸了60多千米的“搓板路”，坐了半小时轮渡，又再绕100多个盘山弯道才到了村里。

我也曾随赵洪祝三次到过这个小山村，印象最深的就是行路难：搓板一样的山道沿着溪流绕来绕去，颠得人五脏六腑都要吐出来。尽管距县城才60多千米，但每次前往都要折腾上几个小时……

下姜村人不但与外界联通困难，就是猫在本村，生产生活也常遇障碍……

既然“僻”是致穷的原因，那么“通”就是治穷的手段。

前文说过，村里的耕地大多集中在枫林港南岸，一旦洪水冲毁了木桥，村民们就只能冒着生命危险乘竹筏过河去种地。种地尚且如此费劲，群众生活的其他方面就更不用说了。“若要富，先修路。”这些年，为扶持下姜村发展，历任省委书记都把修路视为重中之重。实践证明，几乎每一次修路，都为下姜村带来了新的发展机遇。而且，路越通畅，村民们致富的步伐越快。

下姜村位于新淳杨线绿道上，这条“四好农村路”的建成，让坐轮渡、赶班车成了历史——这条路给下姜带来了来自四面八方的客人，也带来了滚滚财源。而近几年下姜村民宿产业突飞猛进，更是借了淳杨线公路改造提升的东风。

其实，受益于这条路的，岂止一个下姜村。淳杨线两侧，青山、绿水、百花随处可见，以前破败的村庄，一个个都换了新颜，旅游业得到了快速发展。

看来，绿水青山要想变成金山银山，交通非常重要。通，则变；通，则强；通，则富。

不过，要想使交通真正成为群众致富的桥梁，群众的思想首先要“通”。这个“通”，指的是群众要有内生动力，要有自我奋飞意识。

“天虽宽，不润无根之苗。”如果贫困群众缺乏内生动力，没有自我奋飞意识，即使大路修到了家门口，顶多也就是为饭后散步提供了便利，终究难以成为通向富裕的康庄大道。

三

地还是那些地，但产出方式变了。

也许有人好奇，浙江是我国民营经济的发源地，在改革开放大潮涌动下，“草根”企业遍地开花，为啥下姜村没有赶上这一拨？

实事求是地说，浙江的民营企业发端时，科技含量普遍不高，那么，浙商占领市场靠的是什么？一是吃苦耐劳精神，二是产品价廉物美。

“白天当老板，晚上睡地板”，“历经千辛万苦，说尽千言万语，走遍千山万水，想尽千方百计”，这些听来颇为励志的妙语，都是第一代浙商吃苦耐劳精神的具体体现。

浙江是一个经济大省，但也是一个资源小省。全省人均资源拥有量仅相当于全国平均水平的11.5%，居全国倒数第三位。许多浙商在创业初期，做的是贴牌生产，蜷伏在价值链的底端，不少行业，每件产品只有几分钱，甚至几厘钱的利润。

而且，随着经济不断发展，市场渐趋饱和，同一个行业的企业数量越来越多，竞争日渐趋于白热化，生存难度日益增大。

这时候，拼的是什么？拼的是精益求精的技术，拼的是现代化的管理，拼的是能与市场对接的更有利的条件……这些条件下姜村有没有？

实事求是地说，下姜村均不具备。

你看，群山环抱的下姜村，不但交通不便，技术、人才、资源哪一样都乏善可陈。真可谓要什么没什么！

在这样一个地方，企业生根发芽都困难，更别提发展壮大了。确实，办企业，下姜村不是没有试过，只是“成活率”太低了。前文曾经提到过，1993年村里就办起了电珠厂，总投资5.5万元，年产值30余万元。可撑了不到三年，就因年年亏损破产了。后来，姜银祥创办了雅润丝织厂，年产值一度达到百万元，但因受到亚洲金融危机影响，红火了两年就开始走下坡路，之后连续三年亏损，最终只能以关门而告终。

开工厂不行，能不能用办企业的方式来搞农业经营，提升农业效益？

后来的事实证明，这一步下姜人算是走对了。

2003年，村委会因地制宜发展了雷竹产业。从2005年起，雷竹进入高产期，年产量达到15万公斤左右。下姜村雷竹笋个头大，皮毛好，色泽亮，肉质鲜嫩，一时行销杭州、上海各大市场，最高价在每公斤36元以上。

2011年，下姜村开始大规模推行土地流转，推进适度规模经营，促进农业产业结构调整。在党员干部带动下，全村90%以上的土地实现了流转。流转后集中连片的土地，由村里统一对外招商。

规模种植、产业化经营，让下姜村拥有了220亩葡萄园、60亩草莓园、150亩桃园和110亩蚕桑园。农业产业化经营推动了现代化精细管理：葡萄园用上了智能监控；打开相关手机App，就能看到园里的温度、湿度；湿度不够自动浇水，温度过高自动打开遮阳篷。

农业，有规模就有效益。连片开发、分户经营，使农业结构发生了根本转变。一亩地一年流转费1200元，且每年递增50元，同时优先安排农民在农场打工，一个月少的能挣2300元，多的能挣3000多元。2013年，下姜村经济总收入2601.64万元，农民人均收入10976元，首次突破了万元大关。

更重要的是，传统农业的结构调整，带来了精品农业与生态旅游业的有机融合。村民们在水蜜桃园、葡萄园、草莓园和栀子花海，种出了三季果、四季花。农业生产除了能收获农产品，还附加了观光价值，有了采摘、体验等功能，进一步为生态旅游和民宿产业发展创造了条件。

也就是说，农作物从生长到收获整个过程都产生了经济效益。

正是因为整个过程都产生了经济效益，农业得到了大大改善，2018年，下姜村农民人均收入首次超过了浙江省平均水平。

土地还是那块土地，但由于产出方式变了——从“原字号”生产到农业产业链延伸，农业效益大幅提升，农民增收渠道大大拓宽，从事农业同样可以发家致富不再是个梦想。

下姜村的经验给了我们这样的启示：只要打通市场，延长产业链，困扰农民多年的增收难题就能迎刃而解。这中间，自然离不开政府的助推，但我们看到的更多的是农民身上蕴藏的巨大创富潜力。怎么去唤醒？“他山之石可以攻玉”，大家不妨到下姜去看看。

四

人还是那群人，但眼界和观念变了。

凡是来下姜村调研过的人，对俞旭平这个名字恐怕都不陌生。

老俞，身材有点发福，已经开始谢顶。即使如此，他依然显得十分干练，跟人说起话来总是带着笑意，语速很平缓，生怕人家听不清楚。但他在思考问题时，又是另一副模样：眉头紧锁，时不时用手揉一下眉心。

在下姜人眼里，这位浙江省中药研究所的高级工程师是个地地道道的“活财神”。

“庄稼活不用学，别人咋着咱咋着。”20世纪60年代的电影《朝阳沟》里的这句经典台词，相信很多人都耳熟能详。说到种田，大家恐怕都和电影里的主人公有着同样的感觉。正因为如此，千百年来，我们的地一直种得非常粗放。

2003年4月，习近平到下姜村调研，询问有哪些问题需要解决，有人提到缺人才。

习近平当即允诺：给你们村派一个科技特派员来。

没过多久，省委、省政府便派俞旭平到下姜村任驻村科技特派员。

科技特派员制度，是习近平在福建当省长时总结出的经验：把来自科研院所、大专院校的科技人员派到乡镇去，帮助当地发展经济，从而达到科技扶贫的目的。后来他到浙江任职，也把这项制度带到了浙江。

科技特派员的入驻，对下姜村来说，无异于雪中送炭。一位科技特派员，就像一位足智多谋的军师。

俞旭平到下姜村后，深入实际调研。他认为当地土壤适合种植中药材黄栀子，而且黄栀子具有较好的市场前景。

栀子有两个重要用途：一个是做中药，主要用于清火、活血等；另一个是提取天然色素。

于是，在下姜村，以前只能长杂草、灌木的低坑坞种上了500亩黄栀子。

两年后，村民们有了丰厚的回报，也深深感受到了科技的力量。

古语云："授之以鱼不如授之以渔。"以前扶贫，是发钱发粮发农具，属于"授之以鱼"；现在"发专家"，能让村民学会在地里种出"金疙瘩"的方法，这就是"授之以渔"了。

之后，下姜村在引进人才的路上高歌猛进。比如对外招商，招的既是资金，更是经营人才。2008年，在杭州开了10年出租车的姜祖见，成为村里首位回乡人才。回村后，他管理着220亩现代葡萄园。2011年，姜海根的儿子姜东勤从部队退役后回乡创业，从父亲手里接过了农家乐。

直接引进人才，只是方式之一。下姜村的"外脑"，是一个强大的团队。2011年，浙江省农科院农业区划研究所完成了《下姜村农业发展规划》的编制。《规划》提出："下姜村农业应充分发挥自然生态环境良好的优势，依靠科技进步，注重农产品品质和景观效果的同步提升，努力从传统农业向设施型、专业型、高效型农业转变，把现代农业生产基地建成一个绿色的生态公园，使之与美丽村庄相得益彰，使现代农业成为村民增收的重要渠道和社会主义新农村建设的重要支撑。”

这些规划，如今一个个都变成了现实。

下姜村的发展再次证明：贫困地区发展能力弱，有受自然条件制约的原因，有产业发展滞后的原因，但根本原因还是缺技术、缺人才。对于农业来说，要想提质增效，最现实的手段就是依靠科技推动。

当然，科技推动背后站的是“明白人”。“星星之火，可以燎原”，村里只要有一个“明白人”，就会“燎原”出更多的“明白人”。只要大部分贫困群众都成了“明白人”，距离脱贫目标就不远了。

让贫困群众有一技傍身，不可能一蹴而就，需要绵绵用力、久久为功。补什么、怎么补，要讲究方式方法，只有让技术“看得见、摸得着”，让群众真正得到实惠，群众才会愿意学，也才能真正产生实效。

五

干部还是那些干部，但工作方式变了。

姜排岭是二度出任下姜村村委会主任。

这位村民眼里的“能耐人”，1971年出生，1994年就买了辆二手的拖拉机，开始跑运输。10多年后，他攒下了一些家底，也攒下了一些人脉。2011年3月村委换届选举时，他被选为村委会主任。

没想到后来他因为和村民打架弄得声名狼藉，村委会主任自然也干不下去了。

事情的起因是这样的——

新官上任，姜排岭很想干出点成绩，便将整治村容村貌提上了日程。

枫林港南岸的道路原本路宽只有1.5米左右，没有护栏，车辆交会时稍有不慎就有掉进河道的危险。

村“两委”决定，加宽这条路，加一个车道，另外在临河堤的地方加装护栏。

拓宽道路涉及征地。征地，就难免触及村民的利益。

这不，村民姜老毛死活不同意道路通过他家的菜地。

村干部反反复复做工作，姜老毛无动于衷。

姜排岭上门了：“老毛啊，不是说好了么，给你重新找一块地，大小一模一样，不也给你看过了？”

“看是看过了，可我就是不想去。”

“有啥困难你说出来，村里会给你解决。但人要讲诚信、讲道理。”

“我就是不讲道理，看你怎么办！”

姜排岭的火“噌”地起来了。但他硬压了下去。

姜老毛的口封得这样死，话就谈不下去了。

不过，事情还没有完：姜老毛在菜地的四周搭起了篱笆。

修路只能停了下来。

姜排岭气不打一处来，下了狠心：一不做二不休，先干了再说，强拆！地里的菜帮他收了，按价折给他，弄个生米煮成熟饭。

第二天上午，趁着姜老毛外出打工，姜排岭带着施工队，开始动手收地里的菜。眼看就要收完了，姜老毛急匆匆赶了回来，顺手抄起一根竹竿，就朝姜排岭打了过来。

姜排岭可是火暴脾气，还了手……

事后，姜排岭意识到作为村干部和群众打架不对，上门赔礼道歉。但这件事的不良影响已经无法挽回。

2014年村委换届选举，毫无悬念，姜排岭落选了……

姜排岭十分懊恼，认真反思错误，积极修复与群众的关系，抢着做村里的公益事业……

“人心换人心，四两换半斤。”“洗心革面”后的姜排岭，重新获得了村民们的认可。2017年换届时，许多村民央求他：“排岭啊，还是你来当村主任吧。我们信得过你。”

连和他打过架的姜老毛也来劝他。

“不行，不行。‘打人村主任’说出去多不好听。”姜排岭推辞。

枫树岭镇领导也来做姜排岭的工作。

于是，半推半就的姜排岭抖擞精神再出发。不出意外，他高票当选。

我在下姜调研时，曾多次和姜排岭一起散步，曾逗他：“新当选之后，还和人打过架吗？”

他认真起来：“还不信任我呀？现在，哪怕群众再激动，我绝不会动手。不过，我也在找推动工作的窍门，遇到‘钉子户’，不硬碰，请与他熟悉的人去劝，亲戚、朋友、同学、发小……能用的关系我都用上。等磨得差不多了，再去当当‘和事佬’，这样，事情基本就搞定了……”姜排岭狡黠地看着我。

姜排岭的转变，只是下姜村干部作风转变的一个缩影。

淳安县委书记黄海峰告诉我：“当年习书记在下姜调研时，曾要求党员干部做生产发展的带头人、新风尚的示范人、和谐的引领人、群众的贴心人。如何在实际工作中体现‘四种人’，我们一直在努力探索。”

我在下姜村采访时看到，下姜村村道两边，绿化带里都竖着党员“环境卫生承包牌”；每个党员，都在家门口亮出了身份与“党员承诺”；下姜村还设立了村干部和党员“红黑榜”，推行村“两委”干部业绩KPI考核，并按照“最多跑一次”要求，建立健全了村民事务全程代办和村“两委”干部全天候上班、周末值班等制度，现在村民办事基本不用出村。

为加强党性教育，下姜村建起了每周村务联席会议制度、每月25日党员主题党日商议制度等，实行重大事项风险评估机制，确保村里各项决策的科学性与民主性。村里还专门成立了“老姜调解室”，聘请了五名有文化、懂法律、在村里有威望的老党员、老干部、退休教师，对邻里矛盾、涉旅纠纷等及时介入调解，做到早发现、早介入、早处置，防止“小事拖大、大事拖炸”。

行得春风，必有秋雨。近年来，下姜村矛盾纠纷化解率年年达到100%，无一起信访案件，作为“零信访”村，真正实现了“小事不出网，大事不出村”。下姜村也因此被中组部评为“全国先进基层党组织”。

在下姜村，带头开垦荒山的是党员，率先流转土地的是党员，率先开民宿的也是党员；在下姜村，呵护淳朴民风的是党员，营造和谐乡邻关系的也是党员。

在下姜村的街头，我曾不止一次看到杨红马在扫地。他说：“党员干部带头承包各个区域的垃圾清扫工作，天天扫。”他还告诉我，刚开始，党员干部刚清扫完毕，村民又开始丢，只能回头继续扫，再扔再扫，“几个回合下来，村民们脸上都挂不住了，村里卫生状况变得越来越好”。

我曾在下姜村老年食堂蹭过一顿饭，和办食堂的老党员姜品楚聊过。

老姜告诉我，2017年，他承包了这个食堂。这完全是一件公益事：70～80岁老人3元一餐，80岁以上老人2元一餐；8元一人次的餐标，去掉成本和人工费用，基本上扯平，偶尔还会亏损。没钱赚，又弄得家里到处是油烟味儿，儿女们都反对。但姜品楚不为所动，他的话很朴实：“小时候，天天吃不饱。现在，党和政府让我们的日子天天像过年。看着老人们吃得心满意足，我心里别提有多快乐。”

“群雁高飞头雁领。”在下姜采访时，我的耳边一直回响着这句俗语。

下姜村的巨变，让我们看到了“头雁”的重要作用。给钱给物，不如建个好支部。大家之所以达成这样的共识，很重要的一个原因是，在乡村振兴征程中，党员干部始终冲锋在前，发挥模范带头作用……正是因为党员冲在前面，才有了下姜村的民风淳朴、家家和乐，才有了群众争先恐后奔富的壮举。

群众之所以欢迎好支部，还因为党员干部时时掏出心来。的确，工作做到了群众心坎上，群众的主动性、创造性就会被激发出来，从“要我做”变成“我要做”。

也只有如此，才能从根本上拔掉穷根。

第十一章

下姜启示

有人说，下姜能富，全是托了省委书记联系点的福。事实上，下姜之变靠的是“八八战略”的指引，靠的是“两山”理念的启迪……村容村貌整洁和美，人与自然和谐共生，精神物质共同富有——试验田里收获的经验，可惠及更多奋进的新农村。

2003年7月，在浙江省委十一届四次全体（扩大）会议上，习近平提出了为浙江未来发展谋篇布局的“八八战略”。这既是省域发展的命题，更是国家发展、时代发展的命题。

下姜村的每一步发展，都契合“八八战略”绘就的蓝图。

如果把下姜之变，放到浙江践行“八八战略”的大背景下去考量，就会发现：下姜村并不是靠“吃小灶”发展起来的，除了几任省委书记的关心指导，其很多发展成就都是践行“八八战略”结出的硕果。正如习近平所说：“下姜村的发展，就好像一滴水，折射出全省农村发展的整体状况。”

那么，跳出下姜看下姜，下姜之变究竟带给我们哪些启示？

一

下姜不是“盆景”，它既是试验田，又是一条乡村振兴之路的探索者。

至今仍有人认为，2001年下姜村被定为省委书记联系点是一个转折点，下姜村因此迎来了千载难逢的发展机遇。甚至还有人说，没有几任省委书记的帮扶，就没有今日的下姜。

对此，我不敢苟同。毋庸讳言，省委书记这样的大领导，亲自到一个小山村调研指导，对推动下姜村的脱贫致富肯定有很强的带动作用，更何况几任省委书记连续多年坚持不懈地调研走访，帮助村里出主意、想办法，解决实际问题。省里如此，市、县肯定会更尽心尽力地为下姜村做好服务。

那么，下姜村是不是像有些人想象的那样，是靠上级给予的人、财、物的支持，靠拨款堆出来的“盆景”？实事求是地说，还真不是。

尽管是省委书记的联系点，但下姜村得到的物质支持，是比较有限的：一是用政府拨款修了一条机耕路，二是在政府帮助下建了沼气池，三是村里民宿启动时，得到了乡政府一定的补贴。比较大的物质支持，基本上就是这些。

这些物质支持非常重要，解决了农业生产和村民生计问题，助推了传统农业向农旅融合转型。但是，回过头看，经济发展走在全国前列的浙江，从20世纪90年代开始就提倡工业反哺农业，全省齐心协力补齐“三农”短板。应该说，全省各地的偏僻乡村都得到了支持，许多乡村得到的帮助甚至大大超过了下姜村……

其实，让下姜村最受益的，是省委书记们传递的新观念和新思路，以及生态保护理念催生的发展新模式——这才是让绿水青山变成金山银山的关键。

而让这些新观念、新思路落到实处，靠的是自觉，靠的是一步一个脚印干出来。这跟甩手坐等“被扶贫”，有着本质区别。

从2001年被定为联系点至今，18年过去了，下姜村发生了天翻地覆的变化。然而，与浙江大多数农村相比，其发展水平仍位于平均水平线。试想，作为几任大领导的联系点，如果下姜村可劲儿花钱堆“盆景”的话，相信用不了几年就会“鹤立鸡群”。但下姜没有。

正因为如此，下姜村的发展之路才具有典型意义。

典型与“盆景”的区别是，典型具有普遍意义，其取得的经验可复制可推广，而“盆景”则很难移栽，离了“小气候”就难以成活。

这些年，下姜村对周边村落的带动作用是很明显的。2017年年底，下姜村周边核心区9个村共有民宿32家，其中精品民宿有3家。2018年，又新开设了民宿27家，其中精品民宿有8家。孙家畈村打造彩色稻田，供游客观光，带动了周边民宿增收；洞坞村流转30亩水田种植彩色水稻，吸引游客参与手工割稻等农事，并将稻谷现场烘干、加工后出售；兰纳农业园区推出水果采摘项目，带动农旅融合进一步发展。

这样的例子，不胜枚举。

习近平说过，下姜村作为一个联系点，是省里了解基层的一个窗口，由此发现省委、省政府的决策部署在基层达到什么样的效果，为决策起到观察作用、论证作用。

现在看来，这个目的达到了。

对浙江来说，像下姜这样的偏远小山村不少。欠发达地区如何实现跨越式发展？需要解决哪些困难和问题？哪些支持是“鱼”，哪些是“渔”？效果如何？都需要一个观察窗口。

放眼全国，像下姜这样的穷困山村有很多，甚至还有比下姜更穷的地方。它们的脱贫致富之路在何方？这就需要通过下姜这块试验田总结经验，完善政策。

下姜之变，反映出精准扶贫的必要性。回顾下姜走过的路，我发现在每个“关键时刻”，都离不开各级党委、政府正确方针的指引。反过来想，如果下姜村当初没有这些指引，“信马由缰”，会是怎样的结果？以前那么多年下姜都未走出贫困的怪圈，或许就是答案。

事实证明，贫困地区脱贫，欠发达地区实现跨越式发展，都需要政府“扶上马，送一程”。

一个地区发展滞后，是各种滞后因素共同促成的结果。没有精准扶贫的具体举措，单靠盲目发展，那么贫困地区要追赶全面小康的“大部队”是很困难的，甚至有越落越远、最终掉队的可能。

下姜村这个典型，是新时代中国农村的新类型，是中国千万乡村的一个缩影。通过它，我们可以观察中国农村的发展道路究竟应该如何走，特别是在城镇化进程加快的背景下，思考如何实施好乡村振兴战略。从这个意义上说，下姜是一个点，是一块试验田，更是一条路，这样的探索非常有必要。

二

要想可持续发展，既要扮靓“面子”，也要夯实“里子”。

“无山不绿、有水皆清，四时花香、万壑鸟鸣”“头枕欸乃听桨声，眼观杂花盈原野”……浙江景色美，天下人皆知。

不久前的“五一”小长假，一个北京朋友想去浙江旅游，我推荐了下姜村。朋友回来后对我说：“没想到，没想到，真没想到。下姜村的街巷到处干干净净；房间布局精致，设施讲究；最难忘的是满目绿色，哪怕是山上，都很难找到一块裸露的土地，如同置身于天然大氧吧。真羡慕这里的农民，小日子比城里人还舒服!”

实际上，整个浙江都是如此，城乡分野已经很小很小。

从“生态省”到“生态浙江”“美丽浙江”，体现了历届省委对走“绿水青山就是金山银山”发展之路的高度共识，是浙江“干在实处、走在前列”的具体体现。

2003年6月，浙江召开“千村示范、万村整治”工作会议，习近平提出，用五年时间，从全省近4万个村庄中，选择1万个行政村进行全面整治，把其中1000个中心村建设成全面小康示范村。改善农村人居环境，成为浙江绿色发展的突破口。

2005年，浙江在全国率先出台了生态保护补偿制度，并对钱塘江源头地区的10个市、县实行省级财政生态补偿试点，不让因保护生态而牺牲发展机会的地方吃亏。

2007年，按照“谁保护，谁受益”“谁改善，谁得益”“谁贡献大，谁多得益”和“总量控制，有奖有罚”的原则，浙江对全省八大水系地区的45个市、县实行了生态环保财力转移支付制度。

2009年，浙江在全国率先出台了跨行政区域河流交接断面水质保护管理考核办法，考核不合格的县、市被通报、罚款。

2013年，浙江省委将“千万工程”又往前推动了一步：打响

“五水共治”战役。从群众最深恶痛绝的污水治理抓起，也把防洪水、排涝水、保供水、抓节水等捏成“拳头”，齐头并进。

2014年，浙江省建立了与污染物排放总量挂钩的财政收费制度、与出境水质和森林覆盖率挂钩的财政奖惩制度。

…………

浙江推出的一系列创新举措，大大激发了各地保护生态的内在动力。绿色发展之路，犹如一场马拉松接力赛，历届省委以“功成不必在我”的胸襟，坚定不移地一届接着一届抓，一棒一棒往下传。

10多年来，浙江不断加大农村政策创新力度，将越来越多的社会资源“下沉”到农村，真正做到城乡同行“肩并肩”——发展同步、服务同质、管理同化。

“一根水管通城乡，一路公交跑城乡。”浙江正因为坚决落实城乡融合发展相关政策，才实现了城乡基础设施“无缝对接”。行走在浙江，你会发现，无论是生态环境、基础设施，还是居民生活，城乡分野已很小很小……100%的建制村实现了生活垃圾分类收集集中处理，74%的农户实现了无害化卫生厕所改造，生活污水治理覆盖率达100%。

人们这样形容浙江：农村是城市的后花园，城市是农村的中央商务区。

下姜生态环境的改善，也是在这一大背景下逐步实现的——

没有用上沼气以前的下姜，所有的山顶都是“瘌痢头”，而今森林覆盖率已提高到了97%。2005年，下姜村从枫树岭水库引水，进行自来水改造，解决了水源不足的问题，自来水入户率达到了100%。2006年，下姜村完成了“枫树岭镇下姜村生活污水净化处理工艺设计方案”，集中处理生活垃圾，生活污水无害化处理率达85%以上。2010年，杭州市确立了“以新型城市化为主导，统筹城乡区域发展，加快形成城乡区域发展一体化新格局”，枫树岭镇被纳入“风情小镇”建设，下姜村被纳入城乡统筹示范村、美丽乡村精品村建设，基础设施得到了快速改善。

以前的下姜村，“污水靠蒸发，垃圾靠风刮，室内现代化，室外脏乱差，溪沟就是垃圾污水的家”。而今的下姜村，“污水有了家，垃圾有人拉，室内现代化，室外四季开鲜花，溪沟清澈见底有鱼虾”。难怪采访中，姜胡家老人向我“挑衅”：“现在我们农村人可比你们城里人滋润。女儿要接我去城里住，我才不稀罕呢!”

人们评论浙江，最常用的词是“藏富于民”。“藏”，离不开“执政为民”的胸襟和不计个人得失的气度。政风，决定社会风气，也决定经济走向。长期以来，地区生产总值是衡量干部政绩的一个硬杠杠。领导干部在任期内，如果地区生产总值没有大的增长，想升迁很难。但这样的“比赛”，容易带来负面结果：为了地区生产总值增长，有些人便把环境保护抛在了脑后，小造纸厂、小化工厂屡禁不止；本来秀丽的山水，被开山取石糟蹋得千疮百孔……浙江早已停止了地区生产总值竞赛，卸掉了“政绩枷锁”：抓地区生产总值增长是政绩，解决民生困难、生态环保问题同样是政绩。缩小城乡差距，既要扮靓“面子”，也要夯实“里子”。

三

高质量发展，既要体现在经济效益上，也要体现在人与自然和谐上。

“农业农村农民问题是关系国计民生的根本性问题，必须始终把解决好‘三农’问题作为全党工作的重中之重。”习近平总书记在十九大报告里，为解决“三农”问题再擂鼙鼓。事实证明，“三农”问题解决得好，做好其他工作才有保障。因为，“三农”是稳定国民经济的“基本盘”。

浙江这些年的发展历程就是明证：“二高一优”农业肇始于哪里？浙江。土地流转哪里做得最扎实？浙江。农业社会化服务体系哪里最完善？浙江……正是因为有了这些“最多”“最早”，浙江农民的人均年纯收入才能连续30多的居全国各省、区第一；正是因为有了农业的强劲支撑，浙江的工业发展才一直动力不竭；也正是因为“三农”问题得到了妥善解决，浙江无论在发展速度，还是发展质量上，都一直位居全国前列。

下姜村的变化，正是“浙江经验”的乡土实践。

现在的下姜村走的是高质量发展之路：摆脱了传统农业模式，转型为生态农业和高效农业，特别是农业与旅游业相融合，农业变得“既中吃又中看”，产业链得到了拉长，附加值得到了大大提高。

高质量发展，不仅体现在经济效益上，也体现在人与自然的和谐上。很多人不理解，下姜村山高路远，这个偏远的小山村怎么能吸引游客？

记得20世纪90年代，人们的腰包开始鼓了，旅游业也渐渐热了起来。那时候人们旅游，大多是围着景点转。自然风光不够多，就出现了很多“人造景点”。这些基本上都是假山假景，再加上一些游乐项目。在那个旅游资源匮乏的时代，人造景点也很吸引人。但时间一长，来的人就少了，有的景点甚至门可罗雀，经营不下去了。

人造景点为何被冷落？一个重要原因就是人与自然不和谐，

不能满足人们对美好生活的向往——因为人造景点千篇一律，缺乏历史的厚重感，没有经过“人间烟火”的熏陶，更不要说深厚的文化底蕴。那些仿古建筑，再怎么仿，也成不了真的。

在城里生活久了，人们向往的是有阳光、沙滩、海浪、仙人掌的海边风光，是“望得见山、看得见水、记得住乡愁”的田园景致。下姜村是有着800多年历史的古村落，群山环绕、溪水潺潺，正所谓“清水出芙蓉，天然去雕饰”。这个充满了自然魅力的美丽乡村与城市互补，正是人们心目中所追求和向往的地方。

下姜的民宿和旅游业，都以“原山”“原水”“原村落”为基础。游客赏的是真山真水的自然景观，吃的是原汁原味的农家饭菜，住的是可见星月的乡野别墅。

所以，下姜村具有吸引力，不仅仅在于其名气大，更在于人与自然的和谐以及丰富的历史文化内涵。下姜村的典型意义，在于它让生态优势转化成了经济优势，让绿水青山变成了金山银山。

无论是下姜、浙江，还是全国，前些年的经济发展大多以牺牲环境为代价。这种模式在促进经济发展的同时，也让人们饱受环境恶化之苦。经济发展带给人们的不仅仅是好处和实惠，还有不堪承受之“痛”。

下姜村和浙江的实践证明，生态美不是与经济发展对立的，更不是什么“奢侈品”，而是遍布城乡的普惠产品。生态优势是可以转化为经济优势的，绿水青山就是金山银山！而且水越绿、山越青，“含金量”就越高！

“两山”理念的主线，就是人与自然的和谐。“两山”理念问世10年后，2015年5月，习近平总书记再次来到浙江，了解舟山新农村建设情况，鼓励当地农民发展“美丽经济”。他说：“我在浙江工作时说‘绿水青山就是金山银山’，这话是大实话。现在越来越多的人理解了这个观点，这就是科学发展、可持续发展，我们就要奔着这个做。”

人与自然和谐相处，是人类经济社会发展的最高境界，也是历史发展的必然规律，当然也深入人心。

“中国要强，农业必须强；中国要美，农村必须美；中国要富，农民必须富。”2013年12月，习近平总书记在中央农村工作会议上的重要讲话言犹在耳。我们完全可以相信：下姜村，这一开在浙江大地上的美丽花朵，也会在祖国大地上处处绽放。

因为“浙江的今天，就是中国的明天”。

四

要想社会和谐，既要口袋“鼓囊囊”，也要精神“亮堂堂”。

耕读传家，是浙江乡村的传统。来下姜村旅游的人们，不光想看这里的山山水水，还想了解村里人的精神面貌，从中汲取养分和动力。

下姜村历史悠久，保留下来的农耕文化很多，再加上这些年，基层党组织建设抓得又实，全村民风淳朴、正气满满。下姜经验和形象很值得展示，这是社会关注的一个热点。

实际上，注重精神修养，提倡建设学习型社会，浙江发力最早。

“物质富裕了，精神更要富有”，“既要口袋‘鼓囊囊’，也要精神‘亮堂堂’”。这些年，浙江历任领导在抓经济工作的同时，须臾未曾放松乡村精神文明建设。

如何让精神文明的播撒没有死角？在浙江，不但“送文化”，还潜心“种文化”——像种庄稼一样，让文明的种子在各地生根、发芽、开花、结果。

淳安县委书记黄海峰说得好："农村的文化建设，应该源于这块土地上的人和事，只有在潜移默化的熏陶中，农民的思想境界才能一步步提升起来。"

下姜村将传承600多年的《姜氏宗谱》提炼为"敬祖宗、孝父母、友兄弟、教子孙、睦家族、和邻里、慎交友、择婚姻、扶节操、恤孤弱、禁溺女、宜禁之、勤生理、戒赌博、急赋税、杜奢华"48字祖训，悬挂在全村显著位置。这48字箴言，既与时代精神合拍，又与社会主义核心价值观契合，对引导村民自觉传承、践行中华传统美德具有非凡意义。

乡村精神文明建设，离不开载体。下姜人在文化设施建设上花费了不少心力。村里首先建起了文化礼堂，对村民进行全方位的道德礼仪教育。文化礼堂逐渐成为村民的精神家园，成为培育和弘扬社会主义核心价值观的新平台。此后，下姜村又陆续建起了漂流书亭、篮球场、文化长廊，为村民的文化活动提供了新场所。

2018年年底，村里还开了几家有模有样的农家书屋。这个占地近200平方米的书屋里有多种书、报、刊物供大家阅读。《人民日报》是姜祖海最爱看的。他说："几任省委书记都来过我家，我应该比大家更要关心国家政策。现在国家又鼓励干什么？农村要怎么发展？《人民日报》上写得清清楚楚。而且，报纸上还能经常看到习近平总书记。”总书记最近在忙啥？最关心的事儿是啥？他最想了解。

行走在下姜村，处处可见正能量。思源亭、连心桥、“感恩日”诉说着党和百姓的鱼水之情，诉说着群众坚定跟党走的信念决心。

这些“润物细无声”的正能量，将文明的种子播撒进每个人的心田。

“多一个礼堂，少一个赌场；多看名角，少些口角。”“以文化人”，孕育出了宽容、大气、文明的社会风气，富而好德、富而好礼、富而好仁，已成为下姜人新的价值追求！

村原党支部书记杨红马说：“村里哪怕有一点点纸屑我都看不下去。我现在习惯低头走路，到处寻找垃圾。”开民宿的余红梅说：“在下姜村，看不到人随便吐痰。吃瓜子没人乱丢瓜子皮，大家会捧着瓜子皮找垃圾箱。村民骑电动车，也从不使劲摁喇叭。”

“金牌导游”姜银祥最有趣，腰里别个喇叭四处转悠，一旦碰到游客就会主动上前向人家讲解下姜村的发展史。而他做这一切是免费的。他说：“看着村子一天天发展起来，我参与了家乡建设，现在又把这种成就与客人分享，幸福得咧。”他写了一首关于家乡的诗歌，碰到有点文化的游客，就摇头晃脑吟诵起来，还谦虚地请人指点：

山岫松涛伴月辉，溪水轻漾云相随。

廊桥笑语鱼虾吓，亭轩廊阁清风吹。

…………

“从来没觉得自己是外地人，”在下姜村开民宿的外村人邵娟告诉我，“缺了柴米油盐，少了客人要点的菜，只要向旁边人家开口，从来没有空手回来过，感觉就是一个大家庭。”

的确，下姜不仅仅是一块经济发展的试验田。它在移风易俗、提升乡村德治水平、传承发展农村优秀传统文化、以正确价值观引领群众等方面的探索也可圈可点。比如，着力整合、多形式展示“四种人”；系统梳理习近平新时代中国特色社会主义思想在下姜的萌发脉络；在深入挖掘以习近平总书记的回信、讲话等为重点的内容的基础上，积极展现新时代中国特色社会主义思想在下姜、在浙江的实践成果；深入创建全国先进基层党组织，打造农村“最强党支部”，全面提升核心区党建水平……

从这个意义上说，“下姜精神”也是一笔宝贵财富，它的社会效益是用金钱无法衡量的。

践行“两山”理念，实现人与自然和谐共生，下姜村是“领头羊”，下姜村及周边地区是一块更大的试验田。

如何跳出下姜发展下姜？如何推动周边村镇共同发展？如何探索绿色低碳发展新模式？下姜还有许多工作要做。

我们拭目以待……

第十二章

乡村振兴，路还很长

“样板村”下姜，仍未懈怠。让专业的人做专业的事，下姜村请来了第一位职业经理人；让“大下姜”的发展拥有更多引擎，他们计划引进更多外面的企业。可村民小富即安的心态、经济纠纷引发的人际冲突等，则是下姜村未来发展面临的新问题。

一

下姜村第一次有了职业经理人。

2019年春节前后，我一直在下姜村调研。就在调研快结束时，2月12日，下姜村党总支书记姜浩强给我打电话，希望我能当评委，为下姜村乡村振兴职业经理人打分。

他用微信给我发来了“招贤令”。

淳安千岛湖下姜实业发展有限公司

聘请乡村振兴职业经理人公告

为加快推进下姜村及周边地区乡村振兴发展，推动产业兴旺和百姓致富，根据公司长远发展战略需要，现面向社会公开招聘乡村振兴职业经理人。

一、选聘岗位

浙江省淳安千岛湖下姜实业发展有限公司总经理

二、招聘条件

1. 政治素质好。对党忠诚，诚信廉洁，勤勉敬业，具有良好的职业素养和团队协作精神，无不良从业记录及国家法律法规、党纪政纪和有关政策规定的禁止从业的行为。

2. 领导能力强。组织协调、战略决策、业务创新、市场应变能力突出，市场意识、合规意识、风险意识强，认同和适应公司文化。

3. 专业素质高。工作经验丰富，熟悉现代企业经营管理方式，具备履行岗位职责所必需的专业知识，履职经历清晰，工作业绩优秀。

4. 具有大学本科及以上学历，年龄在55周岁以下(1964年1月1日以后出生)，身体健康。

…………

对于这张“招贤令”上的其他信息，我兴趣不大。我更关心的是薪酬。对了，在这里呢——

薪酬待遇：年薪18万元（与效益相挂钩，上不封顶）。

这个年薪，在经济发达的浙江，不算高。

问报名情况怎样，电话那头，姜浩强兴奋地说：“村委会的电话被打爆了……”

由于工作太忙，我谢绝了姜浩强的邀请，不过一直盯着事件的进展。据说，投简历的人络绎不绝。报名者来自全国各地、各行各业，有浙江的、江苏的，最远还有黑龙江的。

报名结束后，经过初审筛选，挑选了来自全国9个省、市的26人参加考试。最终，有15人到场参加了2月23日上午的考试，年龄最大的55岁，最小的26岁。

这场招聘会也“惊动”了国家、省、市旅游专家库的专家和浙江大学的众多教授，他们纷纷表示愿意到场担任面试官。

开考那天，下姜村飘起了小雨，村文化礼堂的二楼却是一片热闹景象。一大早，考生从全国各地赶来参加考试，有的甚至几天前就从家里出发了。考生中，有的已两鬓斑白，有的则风华正茂。

这场考试采取笔试加面试的方法，严格选拔。最终，51岁的苏北汉子赵祥兵从报名者中脱颖而出，正式成为下姜村首任乡村振兴职业经理人。

对于这次考试，专家这样评价：对于乡村发展，这是件好事。让专业的人干专业的事，可以让下姜更好地挖掘当地特色，有针对性地发展特色产业，带动村民致富。同时，这对于乡村振兴也有着积极意义。这样更多人才可以关注到，实现自身价值不一定要在城市或大公司，现在的农村也有这样施展才华的好平台。只有更多人才投身到乡村振兴中去，农村发展才能更好更快。

招聘会结束不久，我和赵祥兵聊了聊。

他告诉我，大学毕业后的很长一段时间，他一直和“三农”打交道：最早在农业银行工作；之后去了一个生物科技公司，主要做肥料；第三份工作和生态园林有关；再后来，在一家上市公司当部门经理。为了当上下姜村的首任职业经理人，他辞掉了在镇江年薪60万的高管职位。

问他放弃高薪职位可不可惜，他回答得很实在：“前期相当于重新创业，薪水会比较低，这一点，我早有心理准备。但这里，未来可期。当我配合村里把这块蛋糕做大时，我也会随着下姜越发展越好。”

赵祥兵说，他家里有七八套房子，来下姜不是为了钱，而是为了干一番事业。

调研结束离开下姜村那天，我去看望了姜浩强。

我和姜浩强是多年的老朋友，他在枫树岭镇当宣传委员时我们就认识了。那时，他给我留下的最深印象就是瘦，满头黑发、精神头十足。自从2017年3月当了下姜村党总支书记后，这两年我再见他，一次比一次瘦，人也老了很多。45岁，正值壮年的他看起来比实际年龄要大不少，头发也有些花白，皱眉头的次数也越来越多。

他坦言，村里工作的压力太大，每天都有干不完、想不完的事。长此以往，他病倒过。住院期间，他要求村里谁也不能去看他，并且还要其他班子成员在村民面前说他出去考察学习了。他说："下姜村正在发展势头上，我是领头人，不能倒下。"

问他为什么最终选了赵祥兵，他说，是看中了对方丰富的企业工作经验。"他长期担任职业经理人，前前后后当过四家企业的负责人，对现代企业管理和市场拓展有着丰富经验。搞经济，还是需要专业的人来做。"

3月20日，赵祥兵正式走马上任。上岗当天，他就住进了村委会大楼的一间闲置办公室里，面积不大，只够放下一张旧木床、一个小衣柜，没有多少腾挪的空间。

姜浩强有些抱歉："条件艰苦了点，等餐厅那边改造好，再好好安排。"

不过，赵祥兵对此挺满意："足够用了，边上卫生间还有公用的洗衣机，太方便了。"很快，他就拎包入住了。

之后的时间里，赵祥兵开始了对全村的摸排调研，并逐步出台规划方案。

姜浩强对赵祥兵的评价是踏实肯干，一心扑在工作上，对工作热情。上任以来，赵祥兵只跟他提了两个“小”要求：一是接待（包括被采访）的活儿不干或少干，这样能少分心，工作不被打断，有更多时间好好工作；二是想在楼里不显眼的地方钉两个钉子，挂一根晾衣绳，因为洗好的衣服挂屋里晾不干。

第一个想法姜浩强很支持，本来也想主动跟他提，又怕让他觉得被打压，还没想好怎么说，没想到他先说了。这让姜浩强大为欣慰：看来他是个想干事的人，不是想蹭名气，没选错人。

对于第二个要求，姜浩强就有点不理解了，这种小事，自己做了就好了，没必要非得当面讲。

赵祥兵却直摇头。他说，毕竟是因私事占用公共空间，不能随便来，更不能私下弄；如果自己都私下弄，“上梁不正下梁歪”，以后带出来的团队也难免如此。

姜浩强听了，心里又是一震。他越是这样讲，就越敢放手让他做，规矩有了，信任就建起来了。

互相信任，是做一切事情的基础嘛！

二

在一般人看来，下姜村目前正处于历史最好发展时期。没想到这次和姜浩强长谈，才知道这位下姜村的当家人也有许多苦恼，下姜进一步发展的路上还有许多沟沟坎坎。

姜浩强告诉我，2017年3月上任下姜村党总支书记后，自己就烦恼不断。

那时，村里已经开始建民宿了，但生意没有现在红火，只要连着两三天没啥客人，村民们就会找他抱怨："哎呀，又没人来，干不下去了。"

姜浩强说，那段时间，他每天都睡不好，不知道该怎么办。

之后，姜浩强做出一个大胆的决定，核心工作抓经济，其他工作包括村务工作都先"放一放"。为此，他向上级打了报告，生怕哪件事没做好，村民"告他一状"。

镇里回复："先看看效果。"

虽然只是一个模糊的答复，但姜浩强看出了门道：没拒绝，说明可行。

他开始出去跑业务，“大头”就是各家旅游公司。他几乎是摆明地“暗示”：“在县里旅游奖励政策的基础上，村里可以再给一些优惠。”

县里为了鼓励发展乡村旅游业，给下姜批了一条政策——凡旅游团队入住下姜，可以凭相关证明减免一半的千岛湖大景区门票。

姜浩强说，这个政策很早就有，不仅针对下姜村，像姜家镇这类以旅游业为主的地方都能享受。仅靠这个，下姜竞争不过别人，他要另外出招：门票全免。

他学的是杭州西湖管理部门的经验。当年，西湖免费开放后，很多人等着看笑话，结果年底一算账：嘿，整体收入比以前还高了——因为游客来得多了呗！

旅行社很满意他的“诚意”，在安排线路时，额外照顾了下姜。

于是，旅行社的大巴一辆接着一辆开进了下姜村。每逢“五一”“十一”假期，小山村总是人声鼎沸，十几辆，甚至几十辆大巴“一”字排开，看起来特别排场。

村里到处都是游客，甚至田垄上也站满了人。他们像来学习一样，虚心地听村民介绍这是什么菜，那个该怎么种。

农家乐忙起来了，民宿生意日益红火，不用鼓励，村民们开始自发建造更多的民宿。

姜浩强说，以前村里贴钱支持老百姓建民宿，大家还各种不乐意；现在不贴钱了，老百姓反而抢着建。

带着村民发展起来了，带着他们忙碌起来了，带着他们挣钱了，村里一些“小毛病”就没人放在眼里了。

现在，姜浩强收获的是另一类“抱怨”：“书记，客人太多了，好累！招呼不过来。”

姜浩强总装模作样地板起脸：“得意个啥？服务工作一定要做好。”

因为他知道，这种“抱怨”不是以前的那种抱怨，村民们也不是真要他想办法。这能想啥办法？难不成不让客人来了？那尝到甜头的村民还不闹翻了天。

因为名气逐渐响了，下姜村也给旅行社带来了好处，文化旅行社老总胡干良透露：“千岛湖这个点毕竟很老了，现在是借着下姜卖千岛湖的门票。”

姜浩强知道，这其实也是占了“地利优势”：从黄山旅游结束的游客，若直接赶去淳安县城，路途太远，时间太长，游客会很累，如果中间加上一个旅游点，旅游体验能改善很多。在下姜村住一晚，第二天参观一下村子，着急的上午就走，不着急的吃了中饭再走，路上1个小时左右，不耽搁游千岛湖。

“离县城远，原本是劣势，现在要把它慢慢变成旅游资源上的优势。”姜浩强把下姜的偏远当作“双刃剑”。

下一步怎么走？姜浩强又有了主意：趁着这两年“红色旅游”火热，下姜村又有五任省委书记联系点的政治优势，要先把培训产业做起来。

教室不够？没关系，餐厅改建后，楼上就是教室。课程重新设计，以党建为核心，从两天到五天，不同的需求配备不同的课时内容。

讲课人？这个更简单。姜浩强说：“村里的发展和党建工作，村‘两委’班子成员都可以讲一讲。另外，我和杭州很多高校都达成了合作，由他们安排老师来讲课，我们就按市场价付讲课费就好了。”

姜浩强透露，最开始，有地方愿意免费出人讲课，但姜浩强不愿意：“这样干短期内村里是可以挣钱，可时间长了肯定没人干，不长久。所以，我们选择用市场经济的方式来发展，各方都能获益，形成合力，共同推动培训产业发展。”

“当然，我也要摆点谱，前期就讲好了，不好的老师不要，即使是好老师，讲得不好的也要退回。”姜浩强笑着说。

“下姜发展起来，靠的是不摆花架子，今后还要坚守这一点。”姜浩强强调。他举了一个反例，村里原本有卫生室，之前说要提高医疗品质，专门建了一个远程医疗系统，由县里的医生远程连线看病，这样村民就不用赶去县城了。刚开始大家都说好。后来就不行了，大家发现有问题。首先，村里不具备充足的医疗条件，别说开刀做手术，很多检查项目都做不了，没有相关数据，医生也很难准确诊断病情；其次，很多药品村里没有，有些镇上也买不到，还是要去县城。这项目看起来挺高端的，实际上是好看不好用。

在这之后，村里再“引进”项目或品牌，姜浩强都会问一句：“能解决什么实际问题吗？如果不能，那对不起，免谈！”

姜浩强说：“蹭下姜热点可以，但要让下姜人真正得到好处。”

“搞培训比接待旅游团要好。旅游团一出来就要走好几个地方，在每个地方的消费是有限的。但培训就不一样，就这一个点，买东西带着也方便。我一个村的东西还不够，周边几个村的农特产品都能从我们这里卖出去。”

建培训基地，姜浩强还有一个意图——村集体也能多挣点钱。“村集体也要获益啊，不然时间长了，谁也干不下去。要让马儿跑得快，先让马儿吃得饱。不对，不仅要吃得饱，还要让马儿吃得好。”

未来下姜的出路，在姜浩强看来，不在培训产业，也不应局限于下姜，毕竟这里资源有限，对人才的吸引力也有限。他想要把“大下姜”打包成一个大的产业，由集体出资、出力，把品牌打响，做成一个或多个大型企业，成为一个更大的动力源。

“像经营企业一样经营村庄。”姜浩强说，“企业需要人才，自己又没有，咋办？招聘。现在推出的职业经理人只是第一个，未来，我们要招更多职业经理人，帮我们打理下姜和下姜的产业，我们要做的就是把好方向，把专业的事情交给专业的人去做。”

大的产业如何做，姜浩强说没想好，那是一个大的愿景，需要看准点子，更需要第一桶金，在这之前“不要好高骛远”，一步一步走，才能走得踏踏实实。“虽说村庄发展绝对不能靠一条腿走路，否则一旦遇到变故，整个村都会倒下。但一条腿都没站稳时，就想着其他，反而适得其反，一个不小心就会摔得更惨。”

“虽说我不断提醒自己，要一步步来，不能太着急，但眼前有些事，又不能不急。”姜浩强又说起了积郁在心中的一件件烦心事。

“在乡村旅游产业发展过程中，我发现带动更多村民增收致富的面还是太窄。全村231户人家只有30户开民宿，当一个产业独大时，面临的风险也很大。目前，更多的村民还是靠外出务工或在周边打零工谋生。在村里的都是‘386199部队’（注：随着城市化步伐加快，农村男性青壮年劳动力进城打工的数量剧增，留守农村的大多是妇女、儿童、老人。‘38’指‘三八’节，代指妇女。‘61’指‘六一’节，代指儿童。‘99’指农历九月九，既是重阳节，也是老人节，代指老人)。搞乡村振兴，仅仅靠这些人显然行不通。真正见过世面，有文化、有思路、有魄力的年轻人，回村的还是太少太少……”

姜浩强的眉头皱成了疙瘩，不停地用手揪着短发：“可目前，苦于找不到其他适合下姜村发展的新产业。那些没有条件开民宿的村民看着大批游客涌入下姜村，急在心里更是急在嘴里，经常找到村委、找到我，要发展的新路子。我有时候感觉被村民‘逼’得喘不过气来。”

“不当家不知道柴米贵。我坐在这个位子上，就想多做点公益事业，可现在村里账上只有十几万元。村民是富起来了，可集体还穷得很……此外，村民的观念跟不上发展步子。2018年年初，村里制订了‘三步走’发展规划，希望通过整合优势资源、集中土地资源来抱团发展。但推进过程中，村里的部分老年人对土地流转、土地征用有抵触情绪。其实，即使年轻人，也需要不断解放思想、更新观念……”

接下来，姜浩强讲了两个具体的事例。

一个与姜红荣有关。姜红荣策划的水上实景演出《遇见下姜》，始终没有达到预期的目标。起初，整个旅游市场没有完全做起来，演出效果虽好，但收益不多，就一直“小打小闹”，演演停停，停停演演。现在，游客数量激增，姜红荣本可以大展宏图，但2018年演出时出了一个小小的水上事故，他便畏首畏尾了……

另一个与姜丽娟有关。村里对精品民宿没有限价，都是自家定价。最开始，姜丽娟的民宿里有电子价格牌，每天什么房间什么价格标得清清楚楚，每天客流量也很稳定。看着生意越来越好，她一时昏了头——摘掉了价格牌，开始看人下菜碟，价格忽高忽低。没多久，问题就来了。村里游客明显增加，她家的客人却越来越少。她请姜浩强帮着分析原因。

姜浩强到她那里一看就明白了，数落她：“做生意讲究的是诚信，千万别贪小便宜。价格牌没有了，大家对你也就失去了信任，不管你有没有乱收费，人家总是会怀疑的。”

还好，小姑娘知错就改，生意又重新好了起来。

姜浩强感慨：“毛主席在《论人民民主专政》一文里说过，‘严重的问题是教育农民’，这话什么时候都没有过时啊……”

三

枫树岭镇党委书记程军，是个“80后”，却是个地地道道的“老乡镇”，先后在四个乡镇当过副镇长、镇长，基层经验非常丰富。

谈起下姜下一步的发展思路，他说，自己谋划着下一盘大棋。

程军说，这个问题，他和姜浩强经常聊："姜浩强认为，下姜空间太小，要利用下姜这个品牌异地发展，所谓'跳出下姜发展下姜'。对此，我表示赞同，但也提醒他要注意'出去'所面临的问题。首先，一个村作为一个整体，只有当你有足够的实力时，才能品牌输出，跟别人合作；否则在市场大潮里，大鱼吃小鱼，很快你就没了。其次，必须有品牌知名度。就是说'下姜村'三个字值多少钱，取决于它的知名度。我建议他，以后每一年，都要请中介机构对'下姜村'的品牌进行评估。当评估值达到一定程度时，再谈'出去'的事。再者，要看具不具备走出去的能力，目前来说，我认为还不够，'走出去'一定需要一个强大的团队，核心就是人才。下姜真正能够闯市场的能人多吗？不算多。即便在'大下姜'范围内也不多，所以一定要在全国范围内招贤，就像这次招聘职业经理人。以后还要招很多的经理人帮我们代言，帮我们进入市场。也就是说，'走出去'必须具备条件，要稳扎稳打，绝不能急于求成，一口吃成个胖子是不可能的。"

程军认为，下姜村的当务之急是把外面的企业引进来。

规划中的"大下姜"，就像一部巨大的战车。现在，下姜这个主引擎已经发动，战车开始慢慢跑起来了，但想让这辆巨大的战车一直跑下去，并不断加速，光靠主引擎是不够的。

按照程军的观点，外来企业就是未来带动“大下姜”发展的副引擎。

他说，以前，为什么外面的人不愿意来？因为主引擎没有启动，大战车跑不起来，人家看不到前景，就不愿意上门。现在不一样了，随着下姜村名气不断提升，前景可期，越来越多企业愿意上门当副引擎。

“虽然都是引擎，但有好有坏，动力也有大有小。作为党政干部，应该有火眼金睛，把好的挑出来，放进大战车矩阵，增加大战车的持久动力。在未来，即使主引擎出了问题，靠着数十个性能良好的副引擎牵引，战车照样能飞速向前奔跑。”

为什么会有这样的信心？

程军说：“实现可持续发展，最终实现乡村振兴，单靠政策红利显然不够，因为政策没了，动力也就没了。在用好政策的同时，还要想方设法强化市场的力量，也就是说，要加大企业引进力度。企业家们懂经济、懂市场，企业家们的投资肯定不会奔着亏本来。所以我劝姜浩强不断出去招商。”

程军继续讲解他的“棋路”：“以前不好招，没人来，现在不一样，我们顶的可是下姜这个金字招牌。知名度高，赚钱就容易呀！虽然下姜空间有限，放不下那么多企业，但‘大下姜’空间大得很。只要在下姜周边，就都是下姜的发动机，就都能带着下姜往前跑。”

程军这样描述“大下姜”的前景：“下姜村必须有胸怀、有远见，不要囿于小天地，要心甘情愿融入‘大下姜’。大河有水小河满。下姜那么小的空间能承载多少企业呀？未来，招商要设法围绕‘大下姜’来做。目前，下姜发展得很好，如果哪一天下姜发展的速度慢下来了，其他村发展好了，同样能带着下姜一起跑。这样设计，也是逼着下姜不断激发内生动力：有了竞争，下姜才不敢有一丝懈怠，才能竭尽所能跑在最前面。大家你追我赶，经济发展蒸蒸日上，下姜及周边地区老百姓才能享受到更多的发展红利。”

四

每一次到下姜，我都要去余红梅的店里吃一碗米羹。

这次离开下姜前，我又一次来到了她的小店“悦水居”。没想到她告诉我，小店准备关张了。惊问其故，她说：“累！更主要的是，现在已不愁吃喝了……”

我埋头吃羹，心里却不免惋惜：这个祝英台般敢于抗婚的女子，却终于没能抗过小富即安……

余红梅，这个年轻时被公认为枫树岭杨家山村最漂亮的女子，在杭州打工时认识了现在的老公——下姜村的姜学良。两人感情逐渐升温，开始谈婚论嫁。

她第一次带姜学良回家时，母亲一听姜学良是下姜村人，瞬间就变了脸："东西拿上，立马走，坚决不同意。"

不由分说，就把姜学良赶走了。不仅如此，也不让余红梅再去杭州打工了。

姑娘虽然被"扣"在了家里，心却在姜学良那里。一哭二闹三上吊的手段都用上了，母亲还是铁了心：不行，不能嫁到下姜去。太穷了！

虽然母亲安排了一次次相亲，姑娘只有那句话："非姜学良不嫁。"

终于，母亲让了步，余红梅欢欢喜喜嫁到了姜学良家。

第一次进门，她就被眼前的景象惊呆了：黄土掺着砂子砌就的院墙，墙头上的野草随风飘荡。堂屋四壁挂着农具，丈夫居住的屋子里，土炕上一床发黑的破棉絮团在一起，被面上的图案早已无法分辨……

但她没有退缩，对公婆孝顺有加，和丈夫相亲相爱。

不久，又发生了一件事，枫林港发洪水，村里的道路“不见”了；一座座泥土房浸泡在水里；一些树被大水连根拔起，树杈在风中晃荡……

不甘命运摆布的余红梅、姜学良夫妇结伴到杭州打工，费尽千辛万苦，终于在村里盖起了一栋新房。

即使住在新房里，枫林港暴虐的洪水，始终让他们提心吊胆。

“要感谢习书记，是他来下姜调研时了解了这个情况，给我们修了1000多米长的防洪堤。有了堤坝，我们就再也不怕了。前些年发过一次洪水，上面的水库放水，水位还有三四公分就要满了。如果是以前的土坝，肯定早垮了。”余红梅给我讲这段往事。

再后来，余红梅也学样开起了民宿，7个房间，13个床位。自此，打工妹变成了老板娘。因为手脚勤快，她家的民宿回头客多，日子越过越红火……

真没有想到，好端端的生意如今却要关门了。

问她原因，她说，晚上常常干到很晚，第二天一大早就要起来给客人做早餐，白天还要打扫卫生、买菜、配菜，实在太累了，时常觉得头昏脑涨，胃口也不太好，走路常常像踩在棉花上。

“去医院检查过吗？”

“检查了，说没大事。挂个盐水就好了。”

“这么好的生意关掉多可惜!”

“行了！现在不愁吃不愁穿了。”

我又劝了半天，她依然不松口。

“真心希望下次来下姜，仍能吃到你做的消夜。”我的话很真诚。

她只是歉意地摇了摇头。

我踏着月色离开，心里有些怅然……

五

临离开下姜那天，我到“玖玖”民宿告别，没见到邵娟。村里人告诉我，邵娟离开下姜了。

打听原因，人们三缄其口。有人悄悄透露：兄妹俩闹矛盾了。

我到下姜调研，大多住在这家民宿。

“玖玖”民宿是下姜村第一家由外来人开设的民宿。

我第一次到“玖玖”民宿时，它开张还没多久，一进来就让人眼前一亮：进门需要穿过一条静谧的过道，过道下是人造的流水景观，得踏着石板从水上“漂进来”；水里游动着几尾锦鲤，给这里添了不少的情趣。

大厅里播放着悠扬的音乐，是首经典的英文老歌。大厅布置成了茶吧的模样，只摆放着几套暖色调的桌椅，令人倍感温馨。

吧台里坐着一男一女。男的看着很憨厚，不太爱说话的样子。女孩笑眯眯地站起来：“我是邵娟，是这里的老板娘。这是我哥哥邵君，这里是我们俩一手打造的家，希望你们能喜欢这里。”

沏上茶，好客的邵娟就跟大家聊开了：“我们家兄妹三人都在千岛湖边长大，在外求学时一直有个梦想——在农村有一幢房子，有个院子，可以种花种菜、养鸡养鸭，推开窗坐看春暖花开、四季更迭。”

2016年，一个偶然的机会，邵君和朋友到下姜村游玩，见这里虽不大，却风光秀丽、景色宜人，一栋栋崭新的徽式小楼依山而建，小溪从村中穿绕而过。他一下子就被深深地吸引住了。

邵娟说，哥哥在海军部队待了20多年，去过很多地方，领略过土耳其、丹麦、意大利等国家的风土人情。常“漂”在海上，他看惯了海上的日出日落、海豚嬉戏。

多年的海上生活让邵君有一种想要回归自然、纯朴、闲适生活的想法。

离开下姜后，他就做出了一个决定：把人生的新起点搬到下姜。没多久，他就相中了现在的这套房子，签下了20年的合同。

邵娟原本在北京从事电商工作，听哥哥说要在这里开民宿，一家人能经常聚在一起，于是她心动了，义无反顾地来到了这里。接着，兄妹俩就开始对旧房屋进行改造提升。因为喜欢田园风光，就请设计师设计了朴素大气的美式田园风格。相比于传统的田园风，这里确实要精致许多。

“每个房间的窗户都朝着溪流，晚上枕着溪水流淌的声音入睡，多美啊。”邵娟希望每位入住的客人都能在这乡间寻找到一份安宁。

邵娟说民宿能改造成这样，都是哥哥的功劳。

“都是她定的，我只会干活。”邵君满是宠溺地说。

兄妹俩都很勤快，人也淳朴敦厚，很快就与周围的邻居打成了一片。他们忙不过来时，就请村里人帮忙一起烧菜。时间长了，兄妹俩走在路上，大家也会主动跟他们打招呼。

因为有电商工作经验，邵娟更重视推广，在各大旅游网站上都注册了信息。在微信公众号上，她曾写过一篇令我激赏的文章。一次住店时，我曾和她谈起过这篇文章：

相亲相爱一家人

回归纯朴，爱心凝聚。

不因距离而疏远，不因年岁而陌生，一家人，无论何时何地，心永远在一起，这是个美丽的愿望，也是父母亲的心愿。

长兄如父，大哥邵君心里一直想做一件事，就是把一个大家庭的心凝聚在一起，希望一家人的爱能代代传递。

一个偶然的机会，哥哥邂逅了下姜，缘定下姜。于是，我们兄妹便动工筑梦。

这梦是我们兄妹的，也是大家的。客厅里坐坐，给来“玖玖”的客人一种家的感觉，温馨。一家人的情感，在这个时刻紧紧地联系在一起，我们再也不会分开。

“玖玖”这扇大门，永远为一家人敞开，也为远方的朋友敞开，在这里，我们相亲相爱，心永远在一起。

“玖玖”，爱天长地久。

不少人就是被她这些文字吸引来的。

邵娟做了一个微信公众号，专门发表发生在自家民宿和下姜村的故事，更新不定时，但文采飞扬。

真没想到，这么要好的一对兄妹竟然闹起了矛盾。

导火索没有人讲得清，只是零零碎碎听到了只言片语：“还不是因为钱!”

但愿这不是真的。或许我本就不该问呀……

回到住处，再次打开微信，翻出了邵娟的那篇文章《相亲相爱一家人》：

> 不因距离而疏远，不因年岁而陌生，一家人，无论何时何地，心永远在一起……

我读不下去了，心里堵得慌，陷入了长时间的沉默。

后记：我与下姜

下姜，是我在人民日报社浙江分社任职期间，去过次数最多的村庄。

具体有多少次？现在已记不清了。前后住过的总天数，加起来至少超过了两个月。

2014年除夕，我第一次住在下姜。此前，大都是陪各级领导调研，当天去，当天回。

这次是为了响应中宣部的号召：新春走基层。

说实在的，如果图省事，凭以往对这个村的了解，看看资料，在村里走马观花转转，听听村干部介绍一番村里情况，也能写出一篇可交差的稿子。但那样的东西肯定生动不起来。

这次，事先没有和村干部联系，我一头扎进了村里，一条一条街巷信步转悠，随意跨进一个个院落和农户促膝攀谈，问农民怎样调整种植业结构，烧火的问题怎样解决，农家乐客源如何保证，文化生活怎样满足……

掌握了基本情况后，我没有就此满足——耳听为虚，眼见为实嘛。我扮作游客走进了“凤林”农家乐，一间间客房察看，摸进灶间饶有兴致地打量房梁上挂着的一串串腊味，并和店主姜海根及几位住店游客天南地北聊起了家常。有了这番实地勘察，结论出来了：“农家乐富农家”，果真不虚！

观光农业到底有没有吸引力？为了找到答案，我爬上山梁逐一查看水蜜桃园、葡萄园、草莓园……用脚步在田埂上丈量，那山那水便有了质感。当村支书杨红马介绍说，“从春天到深秋，山坡上的花一茬接一茬开，水果一茬接一茬摘，整个村子就是一个大花园、大果园”时，我有了立体的感受，似乎看到春日里蜂飞蝶闹、姹紫嫣红的胜景，闻到了瓜果成熟时沁人心脾的芳香。

入夜，为了拍一张除夕夜的下姜村全景，我顾不上吃饭，和村支书杨红马深一脚浅一脚地爬上了村里的观景台。夜幕四合，又没有带三脚架，为了拍到一张满意的照片，我采用慢曝光的方式，趴在地上将机子架在土块上等待。效果不满意，就删掉接着来。如是者再三。为了拍那张见报的照片，整整用了一个半小时。到农户姜祖海家吃年夜饭时，我看看墙上的时钟，已20点

40分。

“脚上沾多少泥土，心中便有多少真情。”这次采访，使我对这句话有了更深刻的理解：走遍了村子，聊遍了农户，吃透了村里角角落落的情况，下姜村这些年的发展变化如放电影般在脑海里一幕幕跃动起来——是那样的清晰可触！

有了真情，有了鲜活的素材，笔下也便有了“温度”。姜祖海“多一个广场，少一个赌场；多看名角，少些口角”这些伴有泥土气息的话语，村文化礼堂广场上那个额头上挂着汗珠的虎背熊腰的舞龙青年的形象……在我的笔下生动地流淌出来。

等文章写完，已是清晨四点多钟。窗外，报春的鞭炮“噼噼啪啪”响了起来。山里的冬夜，分外阴冷。村招待所没有取暖设备，被子潮乎乎、重乎乎的。和衣躺在床上，我度过了一个不眠之夜。这次采访，除了带给我“抓活鱼”“接地气”的快感，也让我经历了一次心灵的洗礼。

现在，不少记者走出校门便跨进了设施齐全的现代化采编大楼，风刮不着雨淋不着，了解社会靠的是网络。即使下去采访，也是星级宾馆听汇报，隔着玻璃看庄稼，围着饭桌话桑麻。如此，笔下的新闻，难免与现实有距离。距离推开了受众，群众有怨言也就在所难免。

“走基层”，是打通这段距离的有效手段：只有到基层，才能把握社会脉搏的律动；只有到基层，观察、思考问题才能深入；只有到基层，写出的新闻作品才有感染力、生命力和吸引力。

目前，以互联网为代表的新媒体，在新技术催生下发展势头迅猛。新媒体在刷新人们的媒介接触习惯和生活方式的同时，也给传统媒体带来了强力冲击。资料显示：95%的城市白领已经离不开电脑和网络；即使在偏远农村，上网吧也成了青年农民的日常习惯。在这种情况下，传统媒体如何应对新媒体的挑战？

媒体竞争，说到底，是传播内容的竞争。也就是说，内容永远是核心。无论是什么样的传播形式，离开了吸引受众的传播内容，恐怕都不可能有持久的生命力。因此，传统媒体欲在竞争中占领先机，必须在传播内容上下功夫，将自己的优势充分发挥出来，“以精对新，以深对快”。

而要做到精、深，就必须“沉下去”。

从下姜村采访回来，我对自己提出了这样的要求：把“走基层”作为常态，只要当一天记者，就要坚持一天！

就是这一次采访，我听姜祖海讲了他和洪爱姣苦涩的爱情故事。

记得讲到激动处，他撩起裤腿让我看腿肚子上如蚯蚓般虬结、凸起的静脉：“你瞧！你瞧！这就是当年往衢州背木材落下的。”

我在姜祖海家一共吃了三餐饭。尽管是农家饭，但顿顿都很丰盛。记得大年初一早上那顿饭，姜祖海边吃边感慨：“现在，天天像过年。”他用目光扫了扫满堂儿女，威严地说：“这都是党和政府带来的。谁敢说现在世事不好，我大耳刮子扇他！”说着，还扬了扬巴掌。

逗得大家都哈哈大笑起来。

他的两个儿子都很有出息，一个在县法院当领导，另一个也在县城上班。但他们在父母面前都很恭顺，对客人也非常客气，显得很有教养。我顺嘴就夸了几句，大意是说老姜教子有方。

老姜很得意，腰板挺得更直了，说：“那当然，我是村里的‘知识分子’嘛。”

也就在这一次，我还认识了董文吉和姜浩强。

董文吉当时是淳安县委常委、宣传部长，姜浩强当时是枫树岭镇分管宣传的党委委员。

为了让大家好好过节，我没有事先通知他们。谁知他们听说后，大年初一一大早就赶了过来，整整陪了我两天。

后来我才知道，董文吉是家中独子，父母80多岁了。为了工作，他舍弃了与家人团聚的机会，专门赶了50多千米山路过来。这让我很内疚。

再后来，我和董文吉成了无话不谈的朋友。后来我进一步了解到，董文吉非常孝顺，对老人晨昏定省、叨陪鲤对；对朋友，则抱诚守真、肝胆相照。

这次写的稿子，登在了2015年2月20日的《人民日报》报眼位置：

农民日子好红火

下姜村里过除夕

本报记者　王慧敏

乡村的除夕，年味浓得似乎要溢出来：太阳这才刚刚偏西，吃年夜饭的鞭炮声便此起彼伏。踏着鞭炮碎屑，迎着满街的红灯笼，记者走进了下姜村。

下姜，隶属浙江省淳安县枫树岭镇。在浙西，下姜一直很有名。过去出名，是因为“穷”——有这样一句民谣：“土墙房、半年粮，有女不嫁下姜郎。”

下姜“穷”，与交通环境有关。山里的货物卖不出，山外的货物进不来，村民的日子能不枯焦？

不过，这早成老皇历了！现在的下姜依然有名：村名前常被人们冠以“最美”“最富”这样的形容词。在这次探访中，一条平展展的水泥路把记者从淳安径直送到了村口。再看眼前的村容：一栋栋崭新的三层楼房依山势而建，街巷一律由平展展的青石铺就，路两旁的行道树或红梅怒放，或玉兰乍绽……

村支书杨红马黧黑精瘦，介绍起村里的情况，如数家珍："下姜村能有今天，得益于我们营造出了绿水青山，而绿水青山，又变成了金山银山。"

杨支书带记者登上了村里的观景台。夕阳下，远山近水尽收眼底。杨红马说，以前村里的山几乎全是"瘌痢头"，树还没长成材，就被砍来卖掉或被砍去烧饭。后来，在政府引导下，村里进行了种植业结构调整，种上了经济林木和各种果树。"溪边那片是150亩水蜜桃园，远处山坳里那片是500亩中药材黄栀子，山坡上那片是220亩葡萄园，脚底下这片带塑料棚的是60亩草莓园。从春天到深秋，山坡上的花一茬接一茬开，水果一茬接一茬摘，整个村子就是一个大花园、大果园。"杨红马自豪地指着前方介绍。

没等记者提出问题，他接着介绍："当然，光有生态还不够，大家兜里还得有钱。有了好风景，有了'花果山'，其实就等于栽下了'摇钱树'。你瞧，来村里旅游的人越来越多，上海、南京、苏州、杭州，甚至黑龙江、内蒙古的游客都慕名跑来了。村里许多人家靠办农家乐发了财。这都过年了，游客还不断档。大年初一，光‘凤林’农家乐一家就要接待50多位上海游客。”

“目前，村民的日子到底怎样？”记者问。“2001年以前，村里224户人家，221户是土坯房。现在，家家都是一砖到顶的楼房，村上有一多半人家买了小汽车呢。”杨红马回答。

在村头的“望溪”农家乐，主人姜祖海正在收拾一桌子的鸡鸭鱼肉。谈起这些年的变化，这位村里有名的“文化人”分析起来有条有理：“贫困村脱贫，离不开上级的帮扶。不过，帮扶要讲科学，‘授之以鱼不如授之以渔’。关键是要帮农民找对致富的路子。政府在帮扶我们村时，每一个动作都抓住了‘牛鼻子’。譬如保护生态，先给每家建起了沼气池。这样做，一举三得：消除了污染，解决烧的问题，植被自然而然就被保护了下来。再譬如，这些年，有了钱之后，有些人不安耽了。政府又引导大家‘由里往外美’，争取每个人都能‘物质富裕、精神富有’。你去看看，我们村的文化礼堂红火得很。多一个广场，少一个赌场；多看名角，少些口角。”

不知不觉，夜幕已经降临。横跨溪涧的廊桥桥头响起了欢快的音乐声，一群农家妇女正随着乐声跳排舞。而村文化礼堂前的广场上，一群年轻人正在练习舞龙，个个额头上都挂着汗珠。一位虎背熊腰的小伙子揩去额角的汗水告诉记者："一会儿就要看'春晚'了，得抓紧再练一下。明天就是村里的'春晚'了，我们是主角。记者，你要来看噢！"

《人民日报》（2015年2月20日1版）

此后，我又一次次来到下姜，结识了村里许许多多的人。淳朴的山民大多和我熟识，看我走过，觉得亲切又寻常，就像见到打小在村里长大的"王富贵"外出打工周末回来那样，远远地问候一声："来了？"

我也远远地挥挥手："来了！"

好像是2016年之后，汤燕君任枫树岭镇党委书记，主抓下姜村的工作。小汤是浙江大学国际文化学系研究生毕业，很知性，对下姜下一步发展很有想法。她很勤政，每天镇上、村子两头跑，和村上的每个人都很熟。

她向我征询意见，我们就村里如何发展进行了多次交流。

我们一致认为，要真正实现可持续发展，必须增强下姜自身的造血功能。

而加强自身造血功能，村“两委”班子建设亟待加强。目前，村“两委”班子成员年龄普遍偏大，这几年几乎没有新鲜血液注入。譬如，老书记姜银祥，是村里公认的能人，书记当了近30年，但他毕竟是年近七旬的老人了……

“梯队建设必须跟上。村里隐隐约约的宗族矛盾，也要设法从根本上加以解决。”记得说这些话时，她攥着拳头。

对下姜产业单一这一问题，我们也进行过探讨。

记得她说，时至今日，除了民宿的收入之外，村民的经济收入主要来自土地流转和外出打工，农民自己偶尔做一些辣酱等产品，形不成规模。做民宿，下姜的承载力毕竟是有限的，一旦达到或者超过某个限额，恐怕会不自觉进入价格战的恶性循环……

知不足，然后改。看来她是真的做到了。

2018年春节，我又一次去下姜：新春走基层。

记得正月初五，我在下姜参加了由时任淳安县委副书记董文吉主持的村民“诸葛亮会”，时任淳安县委常委、宣传部长徐恒辉一起参加。

会上，村民代表纷纷提出自己的想法：“村里的番薯干今年卖脱销了，我们可以把周边村的农户一起拉进来搞规模种植……”“可以在下姜建一个全镇、全县、全市甚至全省的特色产品展售市场……”“还可以扩大精品民宿数量，提升服务水平，我愿意帮大家培训，教大家用网络去推销……”“村里现在业态还是偏少，我们可以开发一些文创产品……”

村民们的创业激情爆棚。窗外几枝春梅似乎也因为这股激情劲拂而提前绽开了花蕾。

这次新春走基层，我在《人民日报》上发表了个头版头条。

下姜村发展翻筋斗

本报记者　王慧敏

正月初五，记者再次来到浙江省淳安县枫树岭镇的下姜村。

下姜村以前因贫困出名。习近平总书记在任浙江省委书记期间，把它当作自己的帮扶点，成为下姜村脱贫致富的引路人。而今的下姜，被人们当作“绿富美”的典范。

村党总支副书记姜银祥告诉记者，去年全村人均收入已经超过2.7万元，走在了全县前列，基本上是家家住楼房，户户有汽车。可以说，率先实现了小康。这几天，村委会成员一直在商量下一步的发展目标，大家一致认为是两件事：追求更高质量的小康，带动周边村子一起致富。他还说，农旅结合，让下姜村的农副产品翻了“筋斗”，对周边的辐射带动也越来越强。

姜银祥介绍："春节这几天，村里每天至少有上千名游客。现在客源不愁了，我们考虑，新的一年要把农家乐的质量提高一步。"旁边"栖舍"精品民宿门口，几个操着上海口音的游客正拿着榔头笨拙地打麻糍，男男女女笑作一团。"你看，人家姜丽娟的农家乐，每晚上六七百元，还供不应求。"

问姜丽娟经营秘诀，她说："民宿要做好，得唤得起乡愁，让游客有新奇体验。"姜银祥含笑频频点头："姜丽娟就是我们从杭州引进的人才，她一来，下姜村农家乐的档次都有了很大提升。"

"望溪"农家乐位于村口。老板姜祖海是村里的文化人。习总书记第一次来下姜村时就住在他家，他家的沼气池也是在习总书记亲自指导下建起来的。老人家的餐厅，今天已经翻了几次台，他正在沼气灶上炖鸡呢。"希望习总书记再到下姜村看看，下姜现在'跑'得更快了！"

《人民日报》(2018年2月21日1版)

都说新闻是明日的历史。这些年，我一次次走进下姜，目睹了下姜的变化，也用自己的笔触，记录了中国这一普通山村风云激荡的历史性变革。

我坚信这么一条：尽管全面实现乡村振兴的路还很长，但下姜的明天一定会更加美好！

我正等待着写下一篇呢！

劳 军

2019年4月于北京人民日报社金台园